白落梅 作品

红尘禅诗

世间所有相遇 都是久别重逢

湖南文艺出版社
HUNAN LITERATURE AND ART PUBLISHING HOUSE

博集天卷
CS-BOOKY

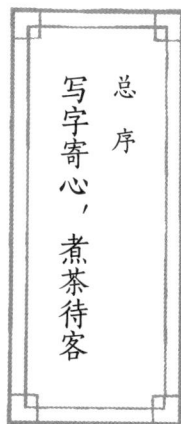

魏晋之风的琴曲，空灵中有一种疏朗，又有几分哀怨，如冬日窗外的细雨，清澄而寒冷，直抵窗前，落于柔软的心中。

这样的雨日，须隔离了行客，掩门清修，亦不要有知心人。一个人，于静室内，焚一炉香，沏一壶茶，消减杂念。

《维摩诘经》云："一切法生灭不住，如幻如电，诸法不相待，乃至一念不住；诸法皆妄见，如梦如焰，如水中月，如镜中像，以妄想生。"

佛只是教人放下，不生妄想执念。却不知，世间烦恼恰若江南绵密的雨，滴落不止。该是有多少修为，方能无视成败劫毁，看淡荣辱悲喜。那些潇洒之言、空空之语，也不过是历经沧桑之后，转而生出的静意，不必羡慕。

我读唐诗觉旷逸，读宋词觉清扬，看众生于世上各有风采。诗词的美妙，如丝竹之音，又如高山江河，温润流转，有慷慨之势，让人与世相忘，草木瓦砾也是言语，亭阁飞檐也见韵致。

想来这一切皆因有情，如同看一出戏，本是茶余饭后消遣之事，可台下的人，入戏太深，竟个个流泪。然世事人情薄浅如尘，擦去便没了痕迹。他们宁愿在别人的故事里，真实地感动，于自己的岁月中，虚幻地活着。

佛经里说缘起缘灭，荒了情意，让人无求无争。诗词里说白首不离，移了心性，令人可生可死。那么多词句，虽是草草写就，却终究百转千回，似秋霜浓雾，迟迟不散。

翻读当年的文字，如墙角未曾绽放的兰芽，似柴门欲开的梅蕊。那般青涩，不经风尘世味，但始终保持一种新意。远观很美，近赏则有雕琢之痕，不够清澈简净。

　　后来，才学会删繁就简，去浓存淡。知世事山河，不必物物正经，亦难以至善至美。好花不可赏遍，文字不能诉尽，而情意也不可用尽。日子水远山长，自是晴雨交织，苦乐相随。若遇有缘人，樵夫可为友，村妇可作朋，无须刻意安排，但得自然清趣。

　　琴音瑟瑟，一声声，似在拨弄心弦。几千年前，伯牙奏曲，那弦琴该是触动了钟子期的心，故而有高山流水觅知音的可贵。而文字之妙意，与弦音相同，都是一段心事，几多风景，等候相逢，期待相知。

　　柳永有词："风流事、平生畅。青春都一饷。忍把浮名，换了浅斟低唱。"他的词，贵在情真，妙在那种落拓之后的洒脱。世上名利功贵纵有千般好，也只是浮烟，你执着即已败了。又或许，人生要从浮沉起落里走出来，才能真的清醒，从容放下。

　　都说写者有情，读者亦有心。不同之人，历不同的世情，即使读相同的文字，也有不同的感触。有些人，一两句就读到心里去了；有些人，万语千言，亦打动不了其心。

　　也许，那时的我，恰好与此时的你，心意相通。也许，这时的你，凑巧与彼时的我，灵魂相知。也许，你我缘深，可同看花开花落。也许，你我缘薄，此一生都不会有任何交集。

人间万事，都有机缘。我愿一生清好，在珠帘风影下写几行小字寄心，于廊下堂前煮一壶闲茶待客，不去伤害生灵，也不纠缠于情感，无论晴天雨日，都一样心境，悲还有喜，散还有聚。

当下我拥有的，是清福，还是忧患，亦不去在意，不过是凡人的日子，真实则安好。此生最怕的，是如社燕那般飘荡，行踪难定。唯盼人世深稳，日闲月静，任外面的世界风云变幻，终将是地老天荒。

过日子原该是糊涂的，如此才没有惆怅和遗憾。天下大事，风流人物，乃至王朝的更迭，哪一件不是糊涂地过去？连同光阴时令，山川草木，也不必恩怨分明。糊涂让人另有一种明净豁然，凡事不肯再去相争，纵岁月流淌，仍是静静的，安定不惊。

流年似水，又怎么会一直是三月桃花，韶华胜极？几番峰回路转，今时的我，已是初夏的新荷，或是清秋兰草，心事与从前自是两样。所幸，我始终不曾风华绝代，依旧是谦卑平淡之人。

女子的端正柔顺、通达清丽，让人敬重爱惜。我愿文字落凡尘，亦有一种简约的觉醒，不去感怀太多的世态炎凉。愿人如花草，无论身处何境，都不悲惋哀叹。人世不过经几次风浪，寻常的日子，到底质朴清淡，无碍无忧。

人生得意，盛极一时，所期的还是现世的清静安稳。想当年，母亲亦为佳人，村落里的好山好水，皆不及她的清丽风致；如今却像一株草木，凋落枯萎，又似西风下的那缕斜阳，禁不起消磨。

看尽了人间风景，不知光阴能值几何，如今却晓得珍惜。世上的浮名华贵，纵得到，有一天也要归还，莫如少费些心思。不管经多少动乱，我笔下的文字，乃至世事山河，始终如雪后春阳，简洁安然，寂然无声。

光影洒落，袅袅的茶烟，是山川草木的神韵。我坐于闲窗下，翻读经年的旧文辞章，低眉浅笑，几许清婉，十分安详。

白落梅

目录

第一卷 ◎ 春秋一梦

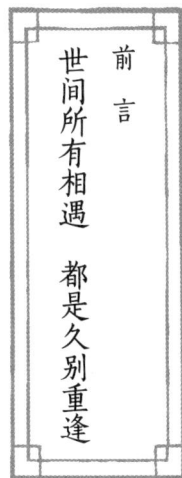

佛经里说的都是解脱，叫人不生烦恼，莫要惆怅，万般随缘，生灭有时。可不知人生如萍，你来我往，恰似梦幻，总是没有着落。

我为女子，纵修行一世，亦无有如山如河的风度。不过是守着寸阴，于瓦屋内煮一壶茶，在花影下抄几段经，断绝了世事，荒芜了人情。

世间的华丽，是我的，不是我的，皆一样存在。水流花开有其情致，风烟俱净有其意味，山高月小亦有其境界。

人间风物，最美的当是屈子的杜若，陶潜的菊，王维的诗，苏轼的词。因为有风骨，故而有情，清洁得不遭世人妒忌。

命运待人过于刻薄，不够宽厚，茫茫悲喜，匆匆聚散，非要经历几场劫数，才肯收敛。秦汉魏晋如此，唐宋元明如此，当下亦如此。

许多事，搁在心里不得释怀，有挂碍，生忧念，皆因情未了，债难消，缘不尽。纵有千万依恋，百般难舍，也有散场的一天。曲终，真实的，虚幻的，人间的风光，乃至庭院的木石，都要消逝湮灭。

我来这世间，是为了修身，看陌上花开，几多荣华富贵。看碧水长天，一片空阔清明。看闾巷风日，觉闲静安定，看耕夫织女，觉祥和安稳。

可知我走了多少的路，经受了多少的苦，才有今时对生命的认知与珍重。但我仍是梅花姿态，岁寒之心，一生需历无数风霜，不可有怨，亦不能有悲。在江南的某个墙院，散发出幽幽的香气，无人爱惜。

只是，谁的人生，没有伤感，没有离愁，没有悔恨。但雪后有初阳，花落有新叶，散有聚，悲有喜，人世多少风光是这样绵密悠长，叫人喜乐知足。

其实，此生无论遭逢多少劫难，或有辜负，或有离散，都减损不了我对人世的感激。只知道，多少缘分自有定数，不可强求，你恋恋顾惜，他不以为意。情深之人，总有一种委屈，然岁月悠长，情感庄重，亦不可以有悲哀。

想起多年前落雪的江南，许多人爱上这样一句话：世间所有相遇，都是久别重逢。我亦喜欢，并非它有多深的禅意，而是因为有情。冥冥中，缘分早已注定，几多因果，仿佛每一种遇见，都不必相约，自有安排。

《红楼梦》里，宝玉初见黛玉，笑道："这个姊妹我曾见过的。"贾母笑道："可又是胡说，你何曾见过他？"宝玉笑道："虽然未曾见过他，然看着面善，心里像倒是旧相认识，恍若远别重逢的一般。"

他们的前世，本有一段情缘，今生才会有那么多无理的纠缠。这尘世的一切，她皆无心，她喜散不喜聚，喜哭不喜笑。让她倾心的，是潇湘馆的数竿翠竹，是案几的诗书，是前世给了她灌溉之恩的神瑛侍者。

《一代宗师》里的宫二洗尽铅华，一袭素衣，浅浅回眸，低低说道："世间所有的相遇，都是久别重逢。"看似清淡之语，却是掷地作金石声，让人鼻酸，忍不住流泪。

她又说："说句真心话，我心里有过你。我把这话告诉你也没什么，喜欢人不犯法，可我也只能到喜欢为止了。"世间的情爱，可以让人忽略河山万物，只要毫无保留地交心。虽是缠绵哀婉，却更是一种解脱。

多少深情厚意，落在寻常的日子里，慢慢地被光阴冲淡。又或许，两心相悦，无须诺言，不生猜疑，亦不必交付性命，只记着有那么一个人便好。如此终身都有了依托，也算是花开有名，花谢有主。

《金刚经》云："过去心不可得，现在心不可得，未来心不可得。"万般机缘，皆为无常生灭，多少心意缠绵不尽，不生执念，方能清醒明觉。

当下的一切，是苦是乐，是缘是劫，都是自己亲手造成，与人无尤。与你相依的，是明月溪水，伴你情长的，唯碗茗炉烟。

那么，为人一日便修行一日，遇情不必躲闪，与世不可决绝。多少心事，也不要劝解，不要思省，缘来则留，缘尽则去。

像庭园的草木一般，安于凡尘，一生清净，不留情爱，不落伤痕，清平无事。

白落梅

引言

前世姻缘

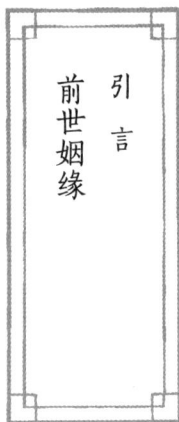

　　我是在什么时候，开始相信前因的，已经记不得。我曾无数次想象，我前世到底是什么人，是伶人？是诗客？是绣女？直到有一天，我走进禅林古刹，与佛祖邂逅，才知道前世我一定是佛前的一盏油灯。因为当我点燃它的那一刻，就明白此番相遇，是久别的重逢。前世的我，在殿堂潜心修炼，不为成佛，不为修仙，只为今生可以幻化为人，也学山林里的千年白狐，和一位书生或者其他凡夫结一段尘缘。

　　都说，五百年的修炼，才换来今生的擦肩。每一天，我都与许多路人匆匆擦肩；每一天，我都与众生结下不解的宿缘。我知道，只需一个微笑，一个回眸，就可以找到那个和我缘定三生的人。我是有幸的，有幸在今生用笔墨，写下历代高僧的故事，无须浓墨重彩去描摹，只是轻描淡写地诉说。我相信他们的灵魂，会在宁静的夜晚，踱步来到我的窗前，只是迟迟不肯惊扰我的尘梦。

也曾去寒山寻访僧踪，也曾去佛国求取心经，也曾采折一枝莲花，并暗自认定它是我前世相思过的那一朵。小的时候，我以为佛是无情的，出家的人要离尘隔世，了却一切情缘。后来才恍然，佛是深情的，他把情感给了众生，把孤寂留给了自己。许多高僧，虽然可以参悟世事的玄机，却不能更改已经编排好的命运。他们和我们一样，要不断地转世轮回，只为有一天达到涅槃的境界。而耽于凡尘的你我，唯一的心愿，就是乘一叶兰舟，放逐到莲开的彼岸。

我今天的去路，也许就是你明日的归途。如果有一天，在奈何桥上相逢，请一定不要忘记，我们曾有的那一段苍绿流年；不要忘记，曾经相伴跪蒲，在佛前许下的那段灵山旧盟。多少姹紫嫣红，都被无情的光阴给无端辜负；多少赏心乐事，都被莫名地关在寻常院落里。既然青春留不住，错过了昨天的那枝花，又怎能再错过今朝的这壶茶。

我深信，我和这些高僧，有着不能割舍的缘分。我就像轮回道里一个飘荡的游魂，在他们参禅悟道的故事里，修一段菩提的光阴。我的世界，从此简单而宁静，淡淡的荷香，涤荡我对凡尘最后的一点欲望。一次次看着他们飘然远去的背影，我没有站在原地守望，蓦然转身，以为走过几世，未来的岁月还是那么漫长。我在佛祖慈悲清澈的眼神里，看见经年如水的约定，看见不可回避的脉脉深情。

我是这样无意，在一扇半开半掩的轩窗下，让禅意的文字，盛开在许多个宁静的夜里。不是为给某个故事埋下伏笔，只为在众生的心底栽种一株菩提。请相信，世间所有相遇，都是久别重逢。也许我是你前世一直无法破解的棋局，你是我今生永远不能猜透的谜题。

白落梅

第一卷◎春秋一梦

——世间所有相遇——都是久别重逢——

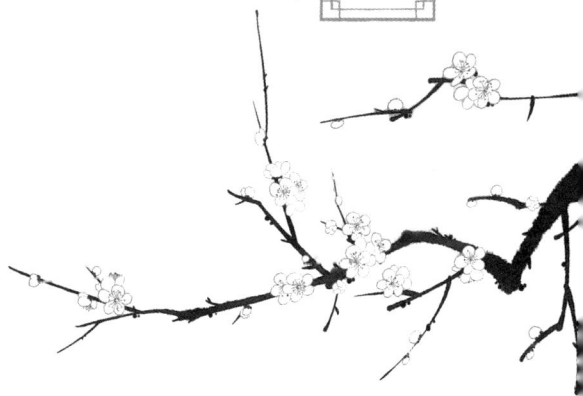

心如明镜，不惹尘埃

菩提本无树，明镜亦非台。

本来无一物，何处惹尘埃。

——唐·慧能

一直以来都认为，红尘与佛界，只隔着一道门槛，槛内是云水禅心，槛外是滔滔浊浪。佛家信缘，所以这道门槛，离人很远，如前世和今生的距离；也离人很近，只在一呼一吸间。许多人穷其一生，都无法抵达般若之门。许多人，一个低眉，一个回眸，就了悟禅意。六祖慧能，属于后者，一株菩提，一方明镜，注定了他一生禅宗的传奇。

印象中的六祖慧能，像一枝端坐在云台的青莲，明心见性，自在圆融。在此之前，他和芸芸众生一样，是一粒飘浮于凡尘的微小尘埃。父亲早亡，与母相依，砍柴度日，生命平凡如草芥，卑微似蝼蚁。命运早有安排，只给了他一场短暂的红尘游历，就挥手诀别。他的血液里流淌着佛性和慧根，在一次卖柴归家的途中，邂逅了《金刚经》，便与佛结下不解之缘。他深知，自己只是人间萍客，尘世风云万象，不过是看了便忘的风景。他说别离，舍弃人生百味，从此五蕴皆空，六尘非有。

他的离去，本无缘由，可后来我读《金刚经》，又隐约有些明白，一切来去，终有因果。《金刚经》说："凡所有相，皆是虚妄。若见诸相非相，则见如来。"一切法相，皆非实相本身，不偏执，不贪念，以空灵自在之心，应对一切，是为从容。经书卷末有四句偈文："一切有为法，如梦幻泡影，如露亦如电，应作如是观。"此番意味，更见佛性。

佛度有缘人，不是所有的人，手捧经卷，耳听梵音，食髓知味，性空了悟。每个人，在滚滚红尘中，都是远航的船。佛说回头是岸，可何处是你要停泊的岸？佛一定会说，世间风尘无主，莲台才是众生的归宿。难道将船只系在人间柳岸，就是执迷不悟？遍赏秋月春风，就是贪嗔痴欲？既是各有各的缘法，你禅坐蒲团，一盏青灯，一方木鱼，几册经卷，潜心修行，淡泊度日。我亦可贪恋烟火，殷实人家，几间瓦房，四方小院，守着流年，幸福安康。

那些誓与红尘同生共死的人，被世俗的烟火呛得泪眼迷蒙，被风刀霜剑伤得千疮百孔，也不禁要怨怪，人生多戏谑，世事太无常。他们感叹现实太残酷，所有的功利、情爱以及繁华，都只是镜花水月的幻觉。自诩经得起流光的抛掷，可以将这杯掺入了世味的浓茶一饮而尽，然而，一次离别，一点人情的凉薄，就弄得他们措手不及。仓皇之际，只有选择逃离，在某个莲花开合的角落，寻找慈悲。

那是一束菩提的光芒，有世人向往的澄净与平和，可以抚慰我们单薄的灵魂。当年五祖弘忍年事已高，急于传付衣钵，遂命弟子作偈以呈，以试他们的修行。神秀便作偈："身是菩提树，心如明镜台。时时勤拂拭，勿使惹尘埃。"慧能听后亦诵一偈："菩提本无树，明镜亦非台。本来无一物，何处惹尘埃？"弘忍知后，传慧能衣钵，将其定为传人。慧能修行年岁不及神秀，但他的偈语，更明心见性，不染尘埃。可见修行在于心，一切源于觉性和顿悟，心中无念，烦恼皆无。不是静坐于蒲团，敛心了空，才算是参禅。须知，在吃穿住行一切寻常事中，皆可体会禅的境界。

六祖慧能识自本心，达诸佛理。人生喜怒哀乐、生老病死皆已参透，他连自身的存在都已忘却，达到一种舍念清净的境界，也就是佛家所说的涅槃境界。这样的禅定和超脱，有几人可以做到？六祖慧能的偈语，真正了悟的，寥寥无几。但我们可以在他的偈语中，摒除一些杂念，获得一点清凉。几个僧者讲经，殿内时有风吹幡动，一僧曰风动，一僧曰幡动。争论不休时，慧能曰："不是风动，不是幡动，仁者心动。"可见，心动则万物动，于是体会到世间万般苦；心不动，则不伤，清净自在，喜乐平常。

读《红楼梦》第二十二回，宝钗点了一出戏，戏中的词《寄生草》很见禅意。"漫揾英雄泪，相离处士家。谢慈悲，剃度在莲台下。没缘法，转眼分离乍。赤条条，来去无牵挂。那里讨，烟蓑雨笠卷单行？一任俺，芒鞋破钵随缘化！"贾宝玉听后，似有了悟，回去之后，写了一偈语："你证我证，心证意证。是无有证，斯可云证。无可云证，是立足境。"黛玉读了，在后面加了一句："无立足境，是方干净。"也因此，引出宝钗讲述六祖慧能参禅的故事，以及这首菩提偈语。后来宝玉跳出红尘，遁入空门，是真的醒透彻悟了。他的悟，经历过沧海桑田，深知昨日繁华只是黄粱一梦，梦醒，自知归去。

六祖慧能的偈语，以及弟子集录的《六祖坛经》，皆为禅宗经典。他并非主张红尘中的你我，放下一切，选择遁世；只希望身处世俗的我们，以清净自持，少一些执念，多一份禅心。这样，就免去一点世态浇漓，在寻常平庸的日子里，也可以和禅佛共修一叶菩提。

在碌碌凡尘，我们像是被命运囚禁的夜莺，披着华丽的羽衣，却永远飞不出茫茫黑夜。万物有情，有情者皆有佛性，以平常心处世，也就无所谓残缺，无所谓圆满了。我们也许只是一粒飘浮的微尘，无来无往；也许只是一杯平淡的白开水，无色无味；但最后，都只是一方土丘，被长满青苔的岁月，覆盖了简单的一生。

据说，六祖慧能圆寂后，其真身不坏，至今还保存在南华寺，供奉在灵照塔中。他的偈语，被一方端砚、一支素笔，写入经卷，历朝历代流传，呈现在宣纸上的字，依旧黑白分明。他端坐蒲团，当头棒喝，心如明镜，不惹尘埃。我们身居红尘，也当淡然心性，清醒从容，自在安宁。

茶缘，一个从容不惊的过客

寻陆鸿渐不遇

移家虽带郭，野径入桑麻。

近种篱边菊，秋来未著花。

扣门无犬吠，欲去问西家。

报道山中去，归来每日斜。

——唐·皎然

　　这些年，总有一个奢侈的念头，就是开家茶馆，或称作茶坊、茶庄。当然，茶馆应该坐落在江南某个临水的地方。而茶馆的名字，叫云水禅心，或是茶缘过客。云水禅心，这几个字，带着一种大风雅、大寂寞的清净。似乎皆与有佛性、有慧根的人相关，而红尘俗子，大都不忍心去惊扰。茶缘过客，却带着淡淡的烟火气，让路过茶馆的人，停下脚步，走进去，喝一壶茶，掸去一身的灰尘。是的，我要的茶馆，不仅是为自己筑一个优雅的梦，更是为众生建一个安宁的栖息地。

每一天，都会有许多不同的客人在此，品尝一壶他们喜爱的茶。而茶，甘愿被客人用沸腾的水冲泡，在杯盏中开始，亦在杯盏中结束。茶馆里应该有被岁月洗礼过的门窗、桌椅，以及款式不一的茶壶，几幅古老的字画，几枝被季节打理过的野花。茶馆的生意也许很清淡，浮华被关在门外，只有几束阳光、细微的尘埃，静静地落在窗台上、桌上，还有茶客的衣襟上。客人喝完茶，匆匆地赶往人生的下一站，无论前方是宽阔的大道，还是狭窄的小巷，都风雨无阻。而我则不必赶路，这茶馆，就是我的栖身之所，安稳地待在里面，静守流年。

夜落下帷幕，世事归入风尘，茶馆里的每一件物品，都卸下了白日的淡妆。而我，也可以用真实的容颜，与它们相看茶馆的光阴。恍然间，才深刻地明白，茶有茶的宿命，壶有壶的因果，过客有过客的约定，世间万物，都有着各自的信仰和使命。所有的相聚，都是因了昨日的萍散，所有的离别，都是为了寻找最后的归宿。品茶，就是为了品一盏纯粹、一盏美好、一盏慈悲，我们就在茶的安静与湿润里，宠辱不惊地老去……

喝茶，自然会想起陆羽，他是茶艺之祖，被世人称为茶圣，著有《茶经》，其中涵盖了太多的茶文化以及壶文化。千百年来，岁月的炉火一直燃烧着，青翠的茶叶在山泉水里绽放着经年的故事。多少旧物新人更迭，品茶的心境却始终不曾更改。想起陆羽，亦会想起一位与他可堪伯仲的人，一位被称为诗僧、茶僧的佛学高僧，皎然。他的名气显然不及陆羽，但他与陆羽是生死相依的至交，正是在他的提携与帮助下，陆羽才完成了茶学巨著《茶经》。这世间，有许多无名高人，他们愿意被岁月的青苔遮掩，静守着自己的一寸光阴。

换一种心情，读皎然的诗，那缕清新的自然之风，从唐朝缓缓拂来，让人心动不已。篱笆小院，三径秋菊，几声犬吠，山深日暮，此中意境，犹如清风明月一般温润。像是品尝一壶秋日刚落时的茶，唇齿间萦绕着白菊香、茉莉香、桂花香。而浮现在我们脑中的画面是，一位眉目如画、风骨清俊的高僧，伴着夕阳走在山径上，行至山脚下一个简朴的篱笆院前，叩门，却无人应答；几束未开的菊花，在淡淡的秋风中，低诉摇曳的心事。

这位高僧就是皎然，唐代诗僧、茶僧，俗姓谢，是南朝山水诗创始人谢灵运的十世孙。他要访寻的人是陆鸿渐，即陆羽。两人因茶邂逅、相识。陆羽自小被父母遗弃，后被龙盖寺的和尚积公禅师在西湖边拾得，带回寺庙收养。陆羽十二岁时，因过不惯寺中日月，逃离龙盖寺，到了一个戏班，做了优伶。后机缘巧合，结识了杼山妙喜寺住持皎然大师，陆羽才有幸结束了漂泊不定的生活，得以潜心研究茶道。

皎然比陆羽年长十多岁，游历过庐山、泰山、嵩山、崂山等许多名山，世间风物尽入眼底。他对名山古刹里的僧侣饮茶颇有心得，所谓茶禅一味，茶在寺院里早已成了一种习俗和文化，与僧侣的生活息息相关。纯净的茶汤、清香的茶味，给修佛者洗去尘虑，荡涤心情。一壶香茗，一轮皓月，一缕清风，几卷经书，陪伴他们度过无数寂寞的岁月。而茶，在他们的杯盏中，有了灵性，有了禅意。皎然将他所悟的茶理、茶道与陆羽交流，使得陆羽的《茶经》在盛世茶文化中，抵达至高之境。

饮酒是自醉、自欺，品茶则是自醒、自解。世间之人，多半恋酒，认为一切烦恼，可以一碗喝下，却不知醉后愁闷更甚。而饮茶则可清神，几盏淡茶，似玉液琼浆，品后烦恼自消。真正的好茶，来自深山，没有尘埃，只浸染云雾和清露。真正的好壶，却是由久埋的尘泥和水调制而成，被时光之火炙烤，再经过岁月的打磨。品茶的人，则是深邃纯净之人，在一杯清澈的水中，禁得起世间的诱惑。任凭世间风烟弥漫，只在一盏茶的柔情里，细数光阴的淡定。

人生要耐得住寂寞。世间总是有太多的繁华，撩拨我们本就不平和的心境。倘若浮躁或是疲惫了，必定会有一个雅静的茶馆，将你我收留。不同的季节，不同的天气，不同的心情，喝出来的茶，会有不同的味道。也许我们不懂陆羽《茶经》里那许多的茶文化，不懂得各式品种的茶所隐藏的玄妙，也不懂壶中的日月，但在茶馆里只需要品一盏适合自己口味的茶，不为风雅，只为清心。捧读皎然的诗，不是所有的人都懂得其中的诗韵，但是一定可以感受到，那份平实简朴的意境。世人都以为禅意高深莫测，其实禅就是野径的桑麻，是篱院的菊花，是一声犬吠，几户农家。

转眼又是清秋时节，荷褪尽了霓裳，只余残叶瘦梗铺陈在荷塘，守候未了的心事。无人的时候，还有几枝秋菊，几树桂子，在阳光下孤芳自赏。如果你自天涯而来，恰好经过一家叫茶缘过客的茶馆，请你记得，那里有一盏茶，属于你。

山水，那段宿命的前因

庐山东林杂诗

崇岩吐清气，幽岫栖神迹。

希声奏群籁，响出山溜滴。

有客独冥游，径然忘所适。

挥手抚云门，灵关安足辟。

流心叩玄扃，感至理弗隔。

孰是腾九霄？不奋冲天翮。

妙同趣自均，一悟超三益。

——东晋·慧远

对于山水，我有着深深的眷念。多年前，去过庐山，在云海松涛的仙境里，假装许下誓言。这一生，只要了却尘事，一定还会来这里，找个屋子，住下来，安静端然于岁月的一隅。可随着时光的流逝，我把自己抛掷在荒芜的日子中，曾经的誓言随风散去，已然无凭。后来又去了庐山脚下的东林寺，与山水相同，我对古刹亦有着难解的情缘。悠远宁静的东林寺，成了我此生澄净的牵挂。

去的时候，我就知道，东林寺曾经居住过一个叫慧远的得道高僧。我读过他写的《庐山东林杂诗》，感受过诗中山水的禅意。慧远禅师在庐山修行数十载，影不出山，迹不入谷，每送客散步，也只以庐山虎溪为界。著名的虎溪三笑，即来源于此。传说，虎溪在庐山东林寺前，慧远禅师居东林寺时，送客不过溪。若过溪，寺后老虎则吼鸣，因名虎溪。一日陶渊明、道士陆修静来访，与语甚契，相送时不觉过溪，虎辄嚎鸣，三人大笑而别，后人于此建三笑亭。

慧远，东晋时代人，俗姓贾，出生于雁门楼烦（今山西宁武附近），世代书香之家。从小天资聪颖，敏思好学，十三岁就游学各地，精通儒学，旁通老庄。二十一岁，前往太行山聆听道安法师讲《般若经》，于是悟彻真谛，感叹："儒道九流学说，皆如糠秕。"他决意舍弃红尘，落发出家，皈依三宝，追随道安法师修行。后来在弘法传道的过程中，慧远率徒众南行至浔阳（今江西九江），被庐山秀丽的风景所吸引，就住了下来。后当地刺史为慧远修建了东林寺，他在寺内凿池遍种白莲，东林寺因而成了莲花胜境。

我和东林寺有一段白莲之缘，时光弹指，刹那芳华，已是十年之久。当年和友一同去东林寺，在法物流通之处，想要给自己买一件开光的小挂坠。一朵小小白莲，只和我有短暂的相视，友似乎听到我和白莲的心灵交谈。未等我说出口，她已做主买下赠予了我。她递到我手上时，脸上的微笑，似那朵白莲，清淡雅洁，至今记忆犹新。这朵莲，早已不再佩戴，和往事一起尘封在一个安静的盒子里。在这清淡人间，不只是名利，才值得重视，许多小事物，更让人珍惜。

沿着慧远禅师修炼的遗迹，游东林寺。这是一个奇妙的菩提世界，一花一木都成了至美的风景。层峦叠翠，林泉淙淙，竹影清风，佛塔林立，最喜山间的绿，明眼洗心。僧侣在禅房打坐诵经，或三五人相聚，煮茶品茗，共修禅理。樵夫在山崖伐薪，和一只云雀对话。隐士在云中采药，救下一只受伤的白狐。河畔，有农女浣纱，清脆的嗓音唱着朴素的山歌，将人引向青春不老的去处。

远处的南山，还有几间茅屋，那篱院里的几丛菊花，可是当年陶渊明种下的？水边的钓翁，可是那位一生眷爱山水的名士谢灵运？山水草木就是他的佛，春花秋月就是他的诗，他的澄明宁静与心灵彻悟，与禅佛相生相连。慧远是他们的良师，也是佛友，庐山是道场，他们和林间的一切生灵一起修行，不求成佛成仙，只求在永恒中，截取一段清远的时光，夹在岁月的书卷里，给平凡的你我，留下几页飘逸的笺香墨痕。

一生一死，一起一灭，天各一方，各自安好。多么渺小的生命，在流光的沧海中萎落成泥，一丝痕迹也不留下。不知道，尘世的暖意，是否可以穿过黄土的凉薄，传递给他们不死的灵魂。可终究有不会消散的，他们将一生所悟的圆融境界、奇妙的禅思，寄予万世不改的青山绿水。我们可以在花草尘土中参禅，在飞鸟虫兽间悟道。从此，让自己活得更加谦卑和淡定。把繁芜过滤掉，留下简单；把丑陋筛选掉，留下美丽；把怨恨遗忘掉，留下善良。

最难忘的，是东林寺后山那条长长的石阶，那条通向佛塔的幽径。两畔种有翠竹，入境则幽，那个过程，是从华丽到清凉，一幕幕往事随风掠过，渐至淡定从容。你的脚步会不由自主地放慢，缓而轻，因为并排的翠竹，会跟你诉说东林寺里的禅佛故

事。夜幕降临，所有的过客，都各自归入风尘，几竿翠竹才会安
静下来，与过往的禅师，一起坐禅诵经，书写自己的前世今生、
因果宿命。

站在和云霞一样的高处，俯瞰人间烟火，发觉那里的一溪一
河、一瓦一檐都让人眷念。终于明白，自己不过是卸下了红尘的
浓妆，将喧嚣暂时关在门外，来到山寺，和内心静坐对视。捧着
一本经书，假装认真地读着，书里的墨香让心沉醉，却无法真正
悟透它的深意。尽管那些禅理，那么无言又深刻地想要度化你
我。不知道是它无法征服我们，还是我们不能征服它，或许无关
征服，只是缘分浅了些。这里注定不是归宿，往下还有匆匆的旅
程——尽管我们不想赶路，只愿守着这里的清净，让心如莲花一
样，静静开放。

有些禅理，有些人只需一刹那就可以悟透，有些人却一辈子
都悟不到。慧远禅师属于前者，芸芸众生属于后者。暮鼓声里，
游客慢慢朝山下走去，不知是谁，将千盏莲灯点燃，为了留住一
些人，也为了送走一些人。我注定是被送走的那一个，这么多
年，寻访过无数深山古刹，都是蜻蜓点水般来去匆匆。是从什么
时候开始，爱得懦弱，恨得憋屈，哭得遮掩，笑得虚伪？我钦佩
那些为爱低首，为爱不顾一切的人。只有他们，敢于将潮湿的内

心暴露到太阳底下，狠狠地晾晒。

我终究是清淡的，应该在一个谁也不认识谁的地方，和一个眼睛清澈的男子，安静地过日子。在有生之年，用情感的砖瓦，垒砌一个幸福的小巢。不要生生世世，只这一生便够了，因为我许诺过佛，来世要做他身边的草木或尘埃。都说一笑泯恩仇，相逢和相离，也只是佛祖的拈花一笑。

且看明月，
又有几回圆

题中岳山·在京南

孤峰绝顶万余嶒，

策杖攀萝渐渐登。

行到月边天上寺，

白云相伴两三僧。

——唐·玄奘

　　我是一个习惯在夜幕中独自寂寞的人。寂寞并不是一种颓废，只是给喧闹的白日寻找一个沉静的借口。友发来短信问我：在做什么？我回：在看月亮，听古曲，想一些陈年往事。往事知多少？往事就是这样，你回首的时候，发觉已经忘得差不多了。

你想要忘记的时候，却一直在心头萦绕，让人心绪难安。往事太多，不是所有的过去都值得你去怀想。许多记忆的碎片在夜色里发出凌厉的光，会将我们伤得体无完肤。在模糊的印象里，我们又何须在意遗忘或是忆起？

看到明月，总是会不经意想起《西游记》插曲"人间事常难遂人愿，且看明月又有几回圆"。其实这句话我在文中多次提起，甚至有些不厌其烦。因为喜欢，铭刻在心间，才会如此。想起了唐僧，一个誓死要将此生交付给佛祖的和尚，却在女儿国动了凡心，唯一的一次，让看客不能忘怀。这其实只是唐僧的一场情劫。他被女儿国国王请去，夜赏国宝，孙悟空说了一句话："那就要看师父的道行了。"这里的道行，说的也是唐僧的定力，一个风华正茂的男子，面对一位如花似玉的红粉佳人，确实需要非凡的定力，才可以坐怀不乱。

唐代著名高僧玄奘就是《西游记》里唐僧的原型。明代吴承恩是根据玄奘西行印度求法取经等事迹，演绎出的一部文学名著。历史中的玄奘与小说中的唐三藏有很大的区别，但都不畏艰险，从长安出发，一路西行。唐三藏得观音大师点化，收了四位高徒，一路历尽艰辛，却也有许多温暖的情义。当时唐朝国力尚不强大，与西北突厥时有争斗，官方禁止百姓私自出关。玄奘在夜间偷渡，孤身一人，骑着一匹瘦马，走过戈壁险滩，雪峰荒原，多少次来到"上无飞鸟，下无走兽，复无水草"的地方。他只能默念《心经》，似乎佛祖就在前方对他招手，抬头就可以看到莲花盛开，灵台清澈。

玄奘下定了西行的决心：不到印度，终不东归，纵然客死于半道，也决不悔恨。所以这一路，无论经历多少磨难，他都当作是佛祖对他的考验。最后往返耗费了十六年，行程近十万里，于贞观十九年正月还抵长安，受到唐太宗及文武百官的盛情迎接。他给中土大唐带来了佛像、佛舍利以及大量的佛经梵文原典。一部《大唐西域记》囊括了一百多个国家和地区的风土文化、宗教信仰，可谓包罗万象。这部书由唐太宗钦定，玄奘亲述，弟子辩机整理而成。内容翔实生动，文采飞扬，堪称佛学宝典。

十六年，玄奘将最好的年华交付给漫长的旅程，回来时已是风霜满脸，手捧用青春岁月换回的经卷，他的一生或许真的可以无悔了。尽管不能青春重现，至少他能够在舍利、经卷中，找回点滴逝去的记忆。跪在佛祖面前，他可以坦然地说，我不负所托。他的回忆录足够蓄养他一辈子，佛法追求圆通自在，所以他记住的应该是拥有的喜悦，而非付出的艰辛。岁月的磨砺，早已改变了曾经的容貌，他有的，只是包容过去、宽释未来的慈悲和平宁。

　　玄奘算是一位被佛祖庇佑的高僧，他并不是第一个到西天取经的和尚，也不是最后一个。在寥廓的历史长河中，多少僧人为求取真经，不顾个人安危，毅然离开中土，长途跋涉前往西域。可是能返回的寥寥无几，他们都葬身在沙漠荒野、寒林雪域。无人收拾的尸骨，只能同野兽一样被风沙埋葬。寂夜时，磷火闪烁，是告诉苍茫的天地，他们的灵魂始终不肯离去。是佛陀的召唤，让他们有着如此深远的追求，只身奔赴险境，只为了度化芸芸众生。都说寂灭意味着重生，这些不死的灵魂，一定会被佛祖安顿，在功德圆满时，终将得以重见天日。

　　放下这些沉重的历程，再来赏读玄奘的禅诗："孤峰绝顶万余嶒，策杖攀萝渐渐登。行到月边天上寺，白云相伴两三僧。"此时的玄奘，俨然是一位超脱世外的高僧。策杖攀萝，只为在孤峰绝境处，寻访山林闲趣。坐落在缥缈峰顶的寺院，有如倚着明月，澄净得寻不到一丝烟火气。唯有几位闲僧，在白云中往来，那么悠然自在。他们如今的桑田，也是用曾经的沧海换来。佛祖不会厚此薄彼，在修佛的旅程中，有天赋和缘法的人，或许悟得早些，但过程其实是一样的。待到风雨成昨，聚散都成往事的时候，就可以放下一切，禅寂淡然了。

麟德元年（664）二月五日，六十二岁的玄奘圆寂。高宗哀恸伤感，为之罢朝三日，追谥"大遍觉"之号，敕建塔于樊川北原。其后，黄巢乱起，有人奉其灵骨至南京立塔。太平天国时，塔圮；迨至乱平，堙没无人能识。百代浮沉有定，世事沧桑迭变，渺渺尘路，没有谁可以做到一劳永逸。想要抛掷一切，坐看云起，就必须先经历劫数。走过灾厄多袭的漫漫黑夜，站在黎明的楼头，才知道，谁是真正笑到最后的人。

人生一世，如同浮云流水，过往覆水难收，我们有的只是现在。做一个忘记苦难的人，在残缺和破碎中学会感恩。在空白的生命之书上，填充每一页，涂抹不一样的颜色，绽放不一样的烟火。直到有一天，灵魂宁静如拂晓的幽兰，那时候，人生就真的圆满了。

请和我，在红尘相爱一场

巫山云雨入禅房，

藩篱情深卧鸳鸯。

辩机腰斩刑场日，

长歌当哭美娇娘。

——佚名

　　携着清秋的烟雨去了山中寺院，不是为了赶赴某个约定，只是想去。青石铺就的小径，长满了积岁的苔藓，细雨还有伶仃的秋叶落在上面，萧索的潮湿更添几分诗意。因为雨天，寺院没有香客，寂寞的铜炉依旧焚着檀香，空灵的梵音随着烟雨在山寺萦绕。几个年轻的僧人，聚在殿里翻读佛经，桌案上几杯清茶，氤氤着雾气。这番情景让我想起，自古以来，一代又一代的僧者，就是这样在庙宇里度着清寂的流年。黄卷是知己，青灯是佳人，难道他们就真的入定禅心，一丝不为红尘所动？

不由自主地想起历代情僧，以及他们的情事。其实不过是平凡的男欢女爱，阴阳和合，再寻常不过，只因僧者是佛门中人，须断尘念，所以这些事发生在他们身上，就成了传奇，成了世人心中凄美的故事。这不是戏，台上演完，台下的人看过也就罢了。许多故事，真实地在岁月里存在过，因为清规戒律，这些僧者承受着常人难以想象的苦痛。这些僧人，都有着非凡的悟性与禅心，可宿命里注定断不了孽缘情债。

心系佛门，仍思凡尘爱恋，这不是一种罪过，也不意味着背叛。以佛的悲悯，他的初衷是给人世间更多的爱，而这些僧人，只是借助佛的旨意，在人间讲经说法，布施慈善。一段真爱，既是度己，亦是度人。可这些僧者的爱情，最终还是以悲剧收场。至今为世人传诵的仓央嘉措，多少人为了那段美丽的爱情，背着行囊远赴西藏，去寻觅他的踪迹。还有一代情僧苏曼殊，亦有人因为他，漂洋过海去日本，赶赴看一场浪漫的樱花之舞。与世俗的爱情相比，他们爱得艰辛，爱得刻骨，爱得让人心痛难当。

看着一位年轻僧人俊朗的背影，我想起大唐一位叫辩机的和尚。他短暂的一生，亦成为感动千古的传奇。看过一段关于他的文字，简短的几句话，涵盖了他充满悲欢的一生。"辩机，生年不详，凡十五岁出家，师从大总持寺著名的萨婆多部学者道岳。后因高阳公主相赠之金宝神枕失窃，御史庭审之时发案上奏，传高阳公主与其于封地私通，唐太宗怒而刑以腰斩。"这就是辩机，一个生于大唐盛世的和尚，以渊博的学识、优雅流畅的文笔而知名。《大唐西域记》就是由玄奘口述、辩机缀辑完成。

辩机在中国历史上，却是一个功过难评的僧人。若不是因为他获罪而死，以他的才能，在大唐那个盛行佛教的时代，应该有一本辉煌的传记，可历史只给了他简短的记载。一位前途无量的名僧，在风华正茂之年，爱上一个美丽高傲的公主，被处腰斩的极刑。在大唐天子的眼里，在芸芸众生的眼里，一代名僧和凡俗女子相爱，即是一种不可饶恕的罪。何况这女子不是寻常的农女，而是唐太宗最宠爱的十七公主。一个千娇百媚的公主，一个傲视众生的女子，一个可以为爱而生、为爱而死的女子。

高阳公主是上天的宠儿，她有着非凡的美丽和过人的聪慧，唐太宗视若珍宝，用他至高无上的皇权满足高阳所需的一切。高阳就是在这样的荣宠中长大的。在她眼里，世界上最出色的两个

男人，一位是她的父亲唐太宗，一位是她的兄长李恪。后来，唐
太宗将她许配给宰相房玄龄的儿子房遗爱的时候，她百般不满。
在高阳眼里，房遗爱只是一个空有一身蛮力、平常庸俗的男人。
这样一个男人，根本无法打动她高傲的心。她就像一朵风华绝代
的牡丹，只有在懂得欣赏的男子面前，才会夺目绽放。

世俗中能有几个男人给得了高阳想要的如烈焰般的爱情？辩
机——一位英俊、富有学识的年轻和尚，他智慧的眼神，清奇的
风骨，给了高阳不同凡响的震撼。史书上是这样记载的："初，
浮屠庐主之封地，会主与遗爱猎，见而悦之，具帐其庐，与之
乱……"云水流转千年，我们依旧可以想象，当日高阳公主在郊
外打猎，遇见辩机的情景。一座无名的草庵，一位身着粗布僧袍
的英俊和尚坐在窗前读书，他的出尘打动了高阳的心。看惯了衣
着华丽、面容庸俗的文武百官，一个气宇不凡的和尚对高阳来
说，是世间一切繁华都不能企及的完美。而辩机在荒野破旧的草
庵里苦读，突遇这样一位丽如牡丹的华贵公主，那颗孤寂的心，
亦瞬间被她炽热的目光点燃。

一位敢爱敢恨的公主，不屑于世俗的目光，她敢对天地起
誓，她要这个和尚。高阳命随从和宫女，把携带的帐幕等用具，
抬进草庵。她用坚定热烈的目光对辩机说，他就是她的佛，就算

拼尽一切，她也要和他在红尘相爱一场。在这位高贵骄傲的公主面前，辩机的拒绝和躲闪，苍白如纸，他的沦陷是必然的。简陋的草庵里，辩机沉沦在高阳的裙裾之下，他口中念念有词的经文，数年修行的定力，不能抵抗高阳的一个眼神、一抹微笑。而懦弱的房遗爱，对公主尽忠到为他们担起护卫之职。

辩机每日身陷矛盾之中，一边是了悟禅寂、法量无边的佛祖，一边是胭脂香粉、艳丽高贵的公主。他一生的抱负是潜心钻研佛学理论，修撰经书，普度众生。可是这段情缘，他亦不能放下。高阳是一个不容抗拒的女人，任何男人爱上她，都甘愿为她而死。在大唐历史上，她就是一个极致，爱得极致，恨得极致，生得极致，也死得极致。倘若高阳送给辩机的玉枕没有落入官府手中，他们的美好生活应该还可以延续一段日子。

所谓在劫难逃，大概就是如此。野史记载，官府捉到一个小偷，搜查他屋子时，发现一个玉枕。官府知道，这个玉枕乃皇家之物，不敢怠慢，立马交给了皇上。唐太宗看到玉枕，龙颜大怒，拍案而起。这位天真骄傲的公主，将所作所为担当下来。她不知，她是天之骄女，可以无所畏惧，而辩机在皇帝眼中，不过是一只可有可无的蝼蚁。为了维护皇家颜面，唐太宗毫不留情，判了辩机腰斩的极刑。那一刻，傲慢的高阳才明白，她就要永远失去辩机，而伤害辩机的人，却是一直最疼爱她的父皇。

都说刑场设在长安西市场的十字路口，那里有一棵古老的柳树，看过凡尘荣辱、世事消长。想必当时去看热闹的百姓一定将刑场围得水泄不通，因为被行刑的人是素日里那位才识不凡的高僧。他的罪，是和大唐最高贵的公主有了私情，犯了淫戒。那许多的人当中，不知道有多少人是出于同情，又有多少人是来嘲笑。而辩机，面容平静，仰望蓝天白云，他可以参透生死，却放不下情爱。

永远忘不了《大唐情史》中辩机腰斩时的那个片段，辩机在临死前，救下了铡刀上的一只蚂蚁。他慈悲地将那只蚂蚁从铡刀口救下，抓到手上，放它一条生路。而自己，死在铡刀下。这是让人震撼的一幕，无论辩机犯了怎样的戒律，我相信，这只蚂蚁可以抵掉他一生的罪过。辩机终于为高阳而死，这样的死，比任何方式都要凄美，都要决绝。

> 你眼前的我是红尘万丈。
>
> 我眼里的你是化外一方。
>
> 若，你跳得出去，且安心做你的和尚，
>
> 我只记取你当初的模样：

白衣胜雪，才冠三梁。

若，跳不出去，亲爱的，

请和我于红尘里相爱一场。

醉笑陪君三万场。

不诉离觞。

半年后，唐太宗李世民驾崩，高阳公主竟然连一滴眼泪都没有掉。她不难过，是因为她的心已随辩机而去，一个放弃灵魂的人，已经没有了爱恨。之后，有人说她放浪形骸，与一些和尚、道士、高医私通。可她此生，只与一个叫辩机的和尚，在红尘里相爱过一场。我不知道这样的爱，是不是一种错误，但在大唐的书页里，永远有这么一段情史。

寒山，隐没了千年的僧踪

一自遁寒山，养命餐山果。

平生何所忧，此世随缘过。

日月如逝川，光阴石中火。

任你天地移，我畅岩中坐。

——唐·寒山

一个宁静的初秋午后，听一首意境空远的《寒山僧踪》，琴音浅浅，一弦一韵，如同大自然一草一木的呼吸。秋水无尘，兰草幽淡，此刻，无论多么浮躁的心灵，都可以归于平静。随着清远的韵律，我们仿佛顿然了悟，放下执念，和这个缤纷的凡尘告别，告别曾经爱过的，告别曾经怨过的，去深山禅林，在缥缈的云雾里，寻觅僧踪。

古苔寂寂，一条幽深的山径，通向菩提道场。那里有手持禅杖的僧者，有云中对弈的隐士，也有山间砍柴的樵夫，有荷锄采药的药农。而我们，就是这山林里缺席的人，总因贪恋红尘繁华，每一次，都是迟来的一个。幽静的山林，隐藏了太多高僧修行的背影，而我们听着琴声，要寻访的是唐代那位富有传奇色彩的高僧——寒山。

"一自遁寒山，养命餐山果。平生何所忧，此世随缘过。"究竟是什么，可以让一个凡人，甘愿放下人间富贵，不住高墙庭院，而居山野荒林，不吃佳肴美味，而食野菜山果？可以放弃富贵，忘却喜忧，万事随缘，不强求，不执着，视生死为草芥，视荣辱为云烟？这是寒山的诗，淡然超脱得让世人为自己的执念羞愧。读寒山这个名字，似乎比读任何经卷都要熟悉。寒山的诗，曾被世人冷落过，但二十世纪五十年代后风靡整个欧洲。诗中描述人间百态、山林野趣，宣扬因果轮回、幻化虚无，所表露出的深刻的禅机、淡然的意境，让世人痴迷。在那里，他甚至赢得了比李白、杜甫还要高的声誉。

寒山淡定从容的境界，是他与生俱来就有的佛性吗？关于他

的身世，有这么一段记载：寒山乃隋皇室后裔杨瓒之子杨温，因
遭皇室内的妒忌与排挤及佛教思想影响而遁入空门，隐于天台山
寒岩。寒山出身于富贵之家，才华横溢，年轻时，照例进京参加
科考，落选的原因，让人深为叹息。据说，唐代选官量才有四个
标准，身材丰伟、言词辨正、书法遒美、文理优良。寒山的文
章和书法皆风流，可惜他身材矮小，相貌亦不够端正，故名落
孙山。

几番落第，他无颜回乡，滞留在长安，落魄潦倒。皇皇的大
唐盛世，却不能满足一个男儿远大的抱负。梦碎长安，前程无
路，人情凉薄，人生陷入一种绝境，他带着伤痛的记忆，浪游天
下，最后去了山上独居。

寒山的梦，就像青花瓷，华丽而易碎。说到底，寒山隐居山
林，也是避世。他被世俗逼得无路可走，只想找一片安宁的净
土，栖居疲惫的身心。但不可否认，寒山有灵性慧根，佛只度天
下可度之人，他与佛有缘，所以世俗会想方设法，将他送至佛祖
身边。不仅是为了度化他，亦为了度化更多的世人。

世事犹如棋局，楚河汉界，泾渭分明，成者为王，败者为
寇。这世间，没有谁，敢站在朗朗乾坤下，说自己这一生，只做

赢者，不做输家。也没有谁，敢说自己是绝对清白——世俗的染缸，不会偏袒任何人。寒山是佛界的高僧，但也是红尘的败者，世间之事，总是难以两全。一扇门已经关闭，你只能开启另一扇门，在新的世界里，一切重新再来。现实就是一把利刃，那浸染着血迹的刀口，永远都不会有慈悲。

其实，寒山也只是先于我们尝尽人生冷暖滋味。在赶往灵山的道路上，他走得匆忙，也走得洒脱。而我们，困在尘网中，死心塌地地做红尘的奴隶，以为这样，就是报答世俗的养育之恩；以为这样，就没有背叛真实的流年。也许将自己囚禁在命运交织的网里，是一种执迷不悟。难道强行把网撕开，将脆弱的灵魂驱赶出来，就是仁慈吗？只有当一个人心甘情愿去做某件事，你的支持才是善举，否则，都可以视之为残忍。

寒山作为一代高僧，他的隐逸，他的了悟，是通过时间的流逝以及个人的智慧所达成的。莲台可以是灵，度化他的真身，让他成佛。莲台也可以是茧，有些人坐上去，只会越缚越紧。也许有一天，我们真的如愿以偿，到了灵山，整日里闻着旧檀木的冷香，是否会想起俗世里烟火的温度？

　　寒山的诗，也不是句句空灵，字字出尘，他的心已经走进菩
提境界，交给佛祖封存。他无意回避世俗的一切，他的诗，有超
然绝尘的意味，也有消极遁世的思想，亦有世态炎凉的感叹。
倘若不是他入山做了隐士，不是生长在大唐那个群星璀璨的年
代，也许耀眼的诗坛上，也会留下他的光辉。他生前虽寂寂无
闻，身后却声名远播，以至唐朝苏州城外的一座著名的寺院，
以他的号命名。如今，只要去姑苏城外的寒山寺，就可以看到
他的塑像，被香火供奉于庙堂，寒山手执一枝荷，披衣袒胸，
嬉笑逗乐。那祥和的目光，让人只想放下杂念，静静地看佛祖，
拈花一笑。

　　"日月如逝川，光阴石中火。任你天地移，我畅岩中坐。"
无意之时，日月如流，稍纵即逝，光阴似电，一闪而过。在岁月
的云烟里，回望曾经，千年如一日。纠缠于现世的迷雾中，坐看
红尘，一日又似千年。寒山却说，任由天地相移，我自端坐岩
石，听山风过耳，清泉淙淙，乾坤明朗，日子安宁。这是一种令
人神往的境界，一直以来，我们都以为很遥远，其实，就在他的
身边。

　　也曾有情过，也曾有义过，也有过执着，有过不舍。寒山将
这一切，趁世人不备时，掷入壶中，拣寒枝烹煮，一饮而下，便

抵达了这终极的境界。他以寂寞为清宁，以飘零作归宿，一枝荷，就是他此生的所有。这样一个传奇人物，一代名僧，却连真实姓名也没有留下，就这样静静地走过千年，以号行世——寒山子。

日月两盏灯，春秋一场梦

常饮三毒酒，昏昏都不知。

将钱作梦事，梦事成铁围。

以苦欲舍苦，舍苦无出期。

应须早觉悟，觉悟自归依。

——唐·拾得

刚刚与一朵莲告别，又和一朵黄花邂逅，我们早已习惯了四季的交替，可以用一颗平常心，接受大自然为你我准备好的风景。甚至感恩尘来尘往里，一寸微弱的阳光，一个细小的片段，一点浅薄的记忆。因为这些，都可以装进行囊，填充我们的人生。也许装订成书，也许编织成梦，也许散落成灰，只要那些个瞬间，真实地属于我们。

收拾好一些与禅佛相关的诗词，在月光下晾晒，于清秋时节，取出来品读。这样安静的背景下，禅意自会在纸间漫溢、云中舒卷、风中流淌。不知是谁说过，禅外之人，不可说禅。就像佛门中人，不可耽于红尘。佛有佛的戒律，魔有魔的规矩，人有人的尺度。可我总觉得，世间万物，灵性相通，乾坤大地，万法归一。我们在天地间游走，随着时光，如漂萍一样流向远方。遇见可以遇见的，拥有能够拥有的，也忘记需要忘记的。

做一个平凡而简单的人，这样或许有些贫寒，有些浅薄，但是可以不去执着自己的来去，不询问注定好的生死。这让我想到了一个高僧——拾得。他有诗，"拾得自拾得""从来是拾得"。拾得是他的法名，也是他的俗名，此一生，他就仅有这么一个名字。简单地来，简单地去，谨守戒律，皈依佛门。

据说唐代丰干禅师，住在天台山国清寺。一日，漫步于松林，忽闻山道传来孩童啼哭声，循声而去，看到一个稚龄小孩，衣衫褴褛，相貌却清奇。询问近处乡邻，无人知晓是谁家孩子，丰干禅师心生慈悲，便将这小男孩带到国清寺。因为他是从山道捡回来的，所以大家都叫他拾得。拾得长在寺中，从小沐浴佛光，浸润菩提，心性淡然，洒脱自在。

他不问自己从何处而来，只记住自己的名字叫拾得，每天在佛前听禅诵经，做些琐事。喧嚣的红尘于他，却是荒寒旷野，倘若踏出佛槛，纵横交错的世路，会让他迷失方向。他在云上，筑起一座简单的寺院，有钟鼓、经幡、佛像、蒲团，有云水，有禅心。这个朴素的小庙，小得只有几片青瓦，几盏佛灯。

拾得与另一位高僧寒山认识，相交莫逆，一起修行，参禅悟法。昔日寒山问拾得："世间谤我、欺我、辱我、笑我、轻我、贱我、恶我、骗我，如何处治乎？"拾得云："只要忍他、让他、由他、避他、耐他、敬他，不要理他。再待几年，你且看他。"寒山曰："还有甚诀？可以躲得。"拾得云："我曾看过弥勒菩萨诀，你且听我念偈，云：'老拙穿衲袄，淡饭腹中饱。补破好遮寒，万事随缘了……'"

二人不为世事缠缚，洒脱处世，端坐云层，静瞰冷暖人间。他们将禅意挂在眉间，将彼此的佛心，在山水中摊开，感染世间有灵性的万物。草木也会参禅，蝼蚁也知佛性，落叶也懂慈悲。后世人谓寒山拾得乃文殊、普贤二大士化身。姑苏城外的寒山寺

有一座寒拾殿，二人的石刻像，立于殿中。寒山执一枝荷，拾得
捧一净瓶，披衣袒胸，嬉笑逗乐，象征着人间的吉庆与祥和。

翻读拾得的诗，是为了在禅意中，看清人世百态，看清真实
的自己。"常饮三毒酒，昏昏都不知。将钱作梦事，梦事成铁
围。"人生多迷幻，看到枝头上粒粒饱满的青梅，我们无法抑制
住对春天的渴望。徜徉在车水马龙的街头，我们经不起繁华物事
的诱惑。在冠盖如云的京城，我们对功名利禄，难以自持。多少
人，被爱情的伤，被浮名的酒，被钱财的毒，给药哑了嗓音。转
过身，只看到优雅背后的狼狈，看到富贵背后的贫瘠，看到荣耀
背后的惨淡。

一个人穷困潦倒的时候，钱为主，人是奴。而一个人腰缠万
贯之时，人为主，钱是奴。我们总是千方百计地挣钱，不惜付出
一切代价，也许有一天，梦想真的成真。可是，钱却夺走了你的
青春，你的朴素，你的情感。而我们，只能躲在华丽的帐子里，
可怜巴巴地数着仅剩的一小段光阴，生怕它似水，从手指的缝隙
间流走。

日月两盏灯，春秋一场梦。记忆中，总有一盏灯，在黑夜，
给我以光、以暖、以灵，为我照亮远行的路。在有些走过的路

上，还是会迷失方向，而一些不曾走过的路，却会有似曾相识之
感。一个人的心清澈明净，步履也会随之淡定从容。记忆无言，
会保存曾经走过的路，而每一段旅程，都携带着过往的身影。其
实并不孤独，每一程，都有山水为伴，清风相随。

拾得还说："应须早觉悟，觉悟自归依。"他在云端，拈花
微笑，让我看到他的觉悟。我在凡尘，清骨素颜，也让他看到我
的觉悟。这是佛界的深铭，也是岁月的旁白。我们觉得离佛很远
的时候，其实近在咫尺。我们以为离佛很近的时候，实则远隔蓬
山万里。此岸和彼岸，只是一道浅浅的河流，可我是一只蝶，被
往事弄伤，折断了翅膀。只能栖在红尘的肩上，看流年携着记
忆，飘去远方。虽被抛在青山斜阳外，我依旧要寻找一叶兰舟，
去探看那一片云水。

只有觉悟，才可以给那些茕茕无依的日子，找到寄托；只有
觉悟，才能够给不堪一击的生活，找到依靠；只有觉悟，才可以
给漂泊湖海的船只，找到港湾；只有觉悟，才能够给无处安放的
灵魂，找到归宿。简单的拾得，禅意的诗句，平凡的你我，也许
不需要深刻体会，只要得到片刻安宁与平静，就好。

第二卷 ◎ 三生石上

——世间所有相遇——都是久别重逢——

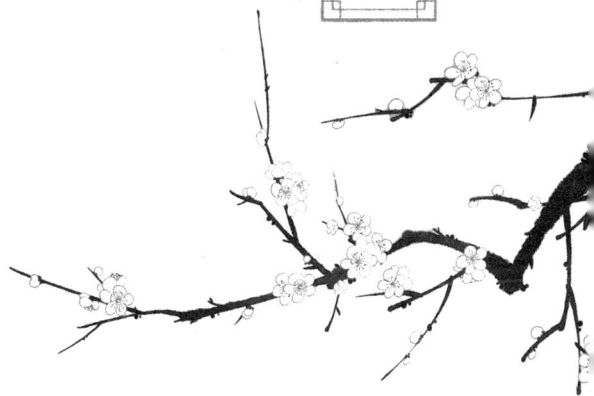

三生石上，姻缘几世

三生石上旧精魂，赏月吟风莫要论；
惭愧情人远相访，此身虽异性长存。

身前身后事茫茫，欲话因缘恐断肠；
吴越山川寻已遍，却回烟棹上瞿塘。

——佚名

秋天的最后一个夜晚，窗外淡月疏菊，一种清凉的美丽，让心柔软又感伤。我伏在窗前的书桌上，听一首叫《三生石上》的曲子，任窗外光阴流走，只是一罗预，却似乎经历了几世轮回。我是信前因的，相信今生所有的相逢，都是因了前世的约定。所有的似曾相识，都是因了上辈子有过一段不能相忘的姻缘，所以今生才会注定遇见。而今生所有不舍的离别，都会有一个再续前缘的来世。

三生石，一块写着前世、今生与来世的石头，年年岁岁矗立在忘川河边，张望着那些过了奈何桥、喝了孟婆汤、行将轮回投胎的人。每个人的前世今生、因果情缘，都会铭刻在这块三生石上，无论我们转世多少次，在三生石畔，都可以找到旧时的精魂。三生石记得每一段有情的过往，可以预测每一个遥远的将来。它在奈何桥边，看着来来往往的芸芸众生，发出无可言说的感叹。人世间，该了的情缘，该还的宿债，三生石前，一笔勾销。

一笔勾销，多么决绝，多么坚定，仿佛与过往的爱恨情仇，已再无瓜葛。却又不是如此，佛说万物皆有生死，有因缘就会有果报，欠下的终要偿还，失去的终会得到。人与人之间，有着万世不灭的缘分，也许是爱侣，也许是仇敌，也许是永远的陌路。姻缘就像是一把利箭，被射中的人，会生生世世带着伤痕轮回。有缘的人，可以从对方的眼中，看到彼此前世的忧伤，情真意切，撩人心扉。

　　初次听到三生石，以为是一段美丽的爱情故事，某一对红尘
男女，在一块岩石前，许下三生之约。他们在前世相爱，在今生
邂逅，又约定好来世重逢。因为心有不舍，所以不敢轻易投胎转
世，生怕梦里的云烟会迷离了双眼。怕有一天重逢，彼此的容颜
早已改变。虽说因果轮回，可是茫茫人海，谁又能肯定今生一定
可以找到那个缘定三生的知己？太多的缘分无法辨认，开始也许
心动不已，结局却往往令人黯然叹息。也许只有相遇在奈何桥，
才会恍然，原来我们真的有过昨天。

　　后来看到这则故事，我才知道三生石系着另一段前缘因果。
富家子弟李源，因父亲在变乱中死去，体悟到人世无常，故将所
有家产捐给寺庙，并在庙里修行。他与住持圆泽禅师心性相投，
在一起聚会谈经，二人相约同游四川青城山和峨眉山。李源想走
水路，圆泽则想走陆路，后圆泽依了李源，走水路去四川。舟行
南浦，看到一个妇女在河边取水，圆泽感伤地落下眼泪，叹息
道，不愿走水路，是怕遇见她。此妇人怀孕三年还不见生产，而
圆泽似乎注定要投胎做她的孩子。黄昏之时，圆泽便去世了，临
死前他让李源三天后去妇人家，他将以一笑为证；又让李源于
十三年后的中秋夜，去杭州的天竺寺外，说他们一定会见面。

　　三天后，婴孩见到李源果真微笑。十三年后，李源去杭州天

竺寺赴约，在寺外听到葛洪井畔传来牧童歌声："三生石上旧精魂，赏月吟风莫要论；惭愧情人远相访，此身虽异性常存。"李源听后明白，这位牧童就是前世的圆泽，梦中的旧人，转世之后他们得以重逢。只是情缘有限，漫长的等待，换来的只是短暂的邂逅。他们不知道，下一次相见会是何时，但是三生石上，早已记下了前世今生。

我为这段隔世的重逢心生感动，被打湿了双眼。三生石是安排有缘人相遇的地方，这是一块灵石，知晓世间所有的缘起缘灭。无须指天发誓，来生终会相逢；无须长跪不起，等待的人，有一天自会出现在你身边。记住生命里每一次微笑，记住每一个擦肩而过的身影，记住每一双眸子里闪过的忧伤。你是锦瑟，他为流年；你是婵娟，他为大雁。

也许看过三生石的人，都会珍惜生命里的每次相逢，珍惜每一朵花开。一旦错过了，就要再等待五百年，五百年是一次轮回，五百年才会有一次机遇。遇到那个甘愿为自己回眸的人，就别问是缘是劫，哪怕今日的灿烂，化作明天的枯萎，也算拥有过那枝妙谛莲花。所以我相信，每一天都会有许多人在一条轮回巷等待，将远去的时光细细寻找。直到在三生石上，寻觅到曾有过的一段不解之缘。

　　其实我们无须对着镜子，就看得清人生只是一场戏，但我们甘愿在戏里一见倾心。在许多个云淡风轻的日子，我常常想，我的前世到底是什么？是一个孤独的伶人，所以今生会在台上将寂寞演绎到最后？是一个江南的绣女，将一生的情事刺绣在锦缎中？是一个楼台的思妇，为远行的丈夫，痴守成望夫石？是一朵零落的梅花，被嘚嘚的马蹄溅起一地的叹息？命运早已安排好一切，三生石上刻着的文字，也不过是解答世间谜题的谜底。

　　既已注定，相逢只是早晚，被前因的箭射中，就再也不能来去自如。如果真的要重逢，多么希望是在红叶满径的路口，去赴那场命定的约会。你青衫长袖，风采翩然；我旗袍裹身，长发及腰。无须言语，只一个浅淡的微笑，就明白，你是我梦里的檀郎，我是你前世的秋香。无论是华丽的开始，还是错误的开始，我们都要满怀感激地，沿着落叶缤纷的小径一直走下去，做这世间最寻常的凡夫俗妇。

　　如果有一天，来到奈何桥边，在喝孟婆汤之前，请记得看看三生石上，刻下的几世情缘。你可知道，为了来世再见，我跳入忘川河中，已守候了千年。

不辜负，世味熬煮的茶

城外土馒头，馅草在城里。

一人吃一个，莫嫌没滋味。

——唐·王梵志

世无百年人，拟作千年调。

打铁作门限，鬼见拍手笑。

——唐·王梵志

一提及禅佛，便会觉得，那是一种虚幻缥缈的境界，有着不可领悟的玄机。却不知，深刻的见解，表达的即为朴素的道理。而朴素的外在，却寄寓深邃的内涵。我们总把佛界看作是谜，费

尽心思地想要琢磨出最后的谜底。却不知，人生这一局棋，关于
输赢，我们其实无能为力。迷惘之时，多半在局内，了悟的时
候，人已在局外。若用平和的心态，看凡间一切，简单明了。若
用复杂的心态，看万丈红尘，则为世相所迷。

　　这就是所谓的人间有味是清欢、繁华落尽见真淳的含义。有
这么一个僧者的诗，流传甚少，格调不高，却语言简洁，通俗易
懂，似一杯清茶，平淡耐品。他就是唐代白话诗僧王梵志，他的
诗，其言虽朴，其理归真。多用简单朴实的佛理，劝诫世人行善
止恶，亦对世态人情多有讽刺和揶揄。被烦琐的尘事，折腾得心
力交瘁时，读几首他的诗，有一种吃多了山珍海味后咀嚼馒头菜
根的清香；也有一种住腻了高楼大厦回归田园的怡然。

　　其实，每个人的一生，都需要那么一册或几册适合自己的书
卷。不需要华丽的文字，不需要浓郁的墨香，只要能让一个饥渴
之人得到满足，就是好书。一个有内涵的人，有气度的人，可以
在一株草木里，看到情感和禅意；视一粒粉尘为知己，为良朋；
更可以在纷繁中寻到清闲，在尘泥里觅得甘露。这些，都源于心
的境界，心清则朗，心浑则浊。在世道匆匆的轮回里，我们留下
深深浅浅的印记，只是不知道，谁可以有把握让自己回到最初的
纯一。

"城外土馒头，馅草在城里。一人吃一个，莫嫌没滋味。"
多么朴素直白的诗句，没有任何的修饰和遮掩，却让人如饮醍
醐。你是帝王将相也好，是布衣百姓也罢；你叱咤风云，或卑微
懦弱；你家财万贯，或身无分文；你国色天香，或凹头深目，在
死亡面前，都微不足道。死神可以在任何时候，不打招呼就终止
你一世人生。你要说的话，没有说完；你要做的事，没有做完；
你爱的人，也没有爱够。生命只有一次，不会给任何人重来的机
会。多少英雄不寿，多少红颜薄命，死的时候，只是几棵荒草，
一抔尘土，覆盖了这短暂的一生。

以土馒头来喻坟墓，直接入骨，似讥讽，又带着无奈。这个
土馒头，被弃于城外，杂草丛生，孤寂难当。馅草却在繁华的城
里，他们此刻享受荣华，逍遥自在，临死的那一天，也要住进土
馒头里，以黄土为房，荒草为被，和影子说话，与寂寞为邻。无
论你喜不喜欢这个土馒头，它都将是你最后的归宿，因为死亡是
必然的结果，由不得任何人选择。每个人都懂得自然的规律，可
是面对生死，却不能坦然，无法彻悟。而死亡的沉重，却被诗人
幽默的语调轻松化解。

"世无百年人，拟作千年调。打铁作门限，鬼见拍手笑。"
我们都是碌碌凡人，在别无他法的时候，只能接受生老病死的定

律。没有谁可以长生不老，有人却执着地广求仙药，妄图成仙，
免去轮回之苦。据传王羲之的后人陈僧智永善书，名重一时，求
书者众多，以致踏穿门槛，于是裹以铁叶，取其经久耐磨。这里
的"打铁作门限"，则引于此。多少人，孜孜不倦地追求，为人
生做好长远的打算。却不知，只是徒劳，惹得人拍手取笑。宋代
范成大曾把这两首诗的诗意，铸为一联："纵有千年铁门槛，终
须一个土馒头。"这两句诗是《红楼梦》里妙玉的最爱，她亦悟
出了生死这个看似隐含玄机实则浅显的道理，而"铁槛寺"和
"馒头庵"的来历也在于此。

王梵志的诗，写出了他对世人的讽诫。他是一个清醒者，透
析世间一切，冷看凡人的痴态，用他诙谐的语言，深入浅出地表
达对人生的了悟。而我们，连辩驳的能力也丧失了。我不禁想
问，王梵志是何许人也，难道从小出家为僧？否则如何有这样的
悟性？

王梵志的一生，有诸多的不如意，正是因为遍尝世味人情，
才幡然大悟。他生于殷富之家，幼年生活闲适，饱读诗书。后经
隋唐战乱，家道衰败，穷困潦倒。晚年子女不孝，他被迫沿门乞
讨，过着衣不蔽体、食不果腹的悲惨生活。他在五十多岁时才皈
依佛门，是佛祖度他脱离世间苦海，后来芒鞋竹杖，持钵化缘，

风雨一生。他的一生可谓酸甜苦辣皆尝，最终能够悟透生死玄机，也就不足为奇了。

都说世事错综复杂，其实，再错综的路，都有清晰的脉络。有时候，不过是有心人故弄玄虚，让迷路之人看不清前方而已。世间的人，犯下的是贪嗔痴欲的戒。他们总是希望将天下财富功名都据为己有，却不懂得，暴殄天物是不可饶恕的罪过。落魄之时，人们才会懂得，一个馒头多么值得珍惜，它给饥寒的人以温饱，给灰暗的人生重新添上光彩。

一个年华初好的人，愿意用青春去换取钱财，而一个年华老去的人，却愿意将钱财来换取青春。总有人抱着游戏的心态，在人间往来。没有谁可以在花街柳巷里参禅悟道，在滚滚红尘中修身养性。我们总是为逝去的昨天慨叹，为没有到来的明天担忧，却把今天蹉跎了。

多少惬意，多少坦然，多少虚情，多少假意，都随风散去，化作尘土。生命就在当下，我们不必再迟疑，既要拿起，也要放下，不辜负这杯用浓浓世味熬煮的茶。

剑舞落花，流水千行

题张僧繇醉僧图

人人送酒不曾沽，终日松间挂一壶。

草圣欲成狂便发，真堪画入醉僧图。

——唐·怀素

初秋清晨，凉风还没消退的时候，收到友人寄来的一幅字。摊开宣纸，"正觉"两个字映入眼帘，似秋天里两枚安静的叶，落在柔软的心中。未干的墨迹，还散发着清新的幽香，每一个脉络，都深藏禅意。时光在无欲中停留，我便想着，友人写这字的时候，自是心静如水。一个在世俗中习惯了风尘味的人，落笔如此轻松淡定，让人心生敬佩。我想要拿去装裱，挂在洁白的墙壁上，留住禅寂的光阴。

突然想起友人是皈依的居士，所以才会写上佛界里的"正觉"二字。正觉，觉悟缘起之法，证得解脱。只是世相苍茫，要真正地觉悟，实在太难。纵是生长在佛前，只汲取经语梵音的莲，以它的洁净无尘，也未必可以做到彻底地觉悟。觉悟是什么？也许对每个人来说，都有不同的含义。看花如看叶，看叶如看花，是觉悟；在相逢之时淡定，在别离之时从容，是觉悟；把一杯浓茶，喝成一杯白开水，是觉悟；把一个故事，讲述到全然忘记，是觉悟。

"正觉"两个字，让我想起唐代一位与佛结缘的书法家，怀素和尚。怀素，俗姓钱，字藏真，湖南零陵人。在他十岁的时候，突生出家之意，父母阻止不了，就任由他落发为僧。怀素嗜酒如痴，爱书如命。这里的书，是书法，怀素的书法是书法史上领一代风骚的草书，被称为狂草。唐代文献中有关怀素的记载甚多。好饮酒，兴到运笔，如骤雨旋风，飞动圆转，虽多变化，而法度具备。

当时长安城内，许多士公名流都想结交这位狂僧。许多人为求得他的草字，知他爱酒，便买下好酒款待他。酒后的怀素，写起书法来，更是疾风驰雨，如壮士拔剑，如飞鸟出林，如惊蛇入草。挥毫落纸如云烟，变化无穷，其中的妙处，需要有一定境界的人才能体悟出。怀素与唐代另一草书家张旭齐名，人称"颠张醉素"。

读怀素的诗，只觉洒脱非凡。有如一个人在云海松涛，一手执酒痛饮，一手蘸墨狂书，似行云万状，流水千行，剑舞落花，拨琴望月。"人人送酒不曾沽，终日松间挂一壶。草圣欲成狂便发，真堪画入醉僧图。"现实中，怀素就是一位醉僧，他虽出家为僧，似乎从不坐禅。他性情疏放，这一生，最重要的就是四件事，喝酒、吃肉、云游、草书。他的草书，都是在醉后完成的。一个和尚，修炼到这层境界，让人觉得实在是不枉此生。

"饮酒以养性，草书以畅志。"每当喝下酒，怀素就觉得自己是飘飘欲仙的神人，手中的笔，也成了神笔，可以恣意挥洒，幻化无穷。他在云中悟到多奇，在风中悟出美妙，听流水悟到曲折，听琴音悟出清韵。所以怀素的书法，浑然天成，让人看了，愿意抛掷一切，只在那飘逸潇洒的水墨中，尽情游弋。这让我想起了世间相爱的男女，明明说好了要一路同行，携手到老，但是，在半路上他也许会轻易就抛下你，连理由都没有，甚至连谎言都懒得说。也许他们不会为一幅书法而舍弃尘缘，但尘世里繁

芜的诱惑，有时候，不及一幅画、一首诗、一首歌，更让人刻骨
难忘。

怀素是一个苦行僧，买不起纸，便在寺院外的荒地，种上了
万余株芭蕉。每日取蕉叶临帖挥洒，寒来暑往，从不间断。这就
是著名的典故"怀素书蕉"。他的住处是一片蕉林，故称"绿天
庵"。他每日磨墨洗笔的地方，称"墨池"。而他写坏的盘、
板，还有许多写断的笔头，都埋在一起，名为"笔冢"。怀素
的这些小故事，都让人称奇，然而，故事的长短，从来都无关
生命。无论他逝去了多少年，那些故事，一如陈年窖酿，历久
弥香。

怀素的许多书法作品，被他换了酒肉，支付给了生活。他的
一些书法作品，和其收藏者葬在我们寻不见的地方。但是无论在
哪儿，哪怕散如尘灰，我们都该坚信，那些附了灵魂的字，就在
脚下。留下的，被世人好好珍藏，可以换取更多的酒肉，只是怀
素不需要了，他将这些赠送给了岁月。

一个不需要荣耀和光环的人，很努力地将自己隐藏，甚至躲
在潮湿的角落，埋在积岁的尘泥中，但他的光芒，依然遮掩不
住。一梦千寻，我们无须乘一匹时间的快马，飞奔赶往唐朝。因

为我们找不到他的踪影，就算找到，也终究隔了云端。莫如做一只不怕秋寒的云雀，穿过烟水岚雾，去追云逐梦，窥探尘间锦绣和尘外孤禅。如果尘内和尘外，只是一梦之隔，那么世间许多不能相爱的男女，是否可以在梦里缠绵？

我们都是红尘过客，背上的行囊，装满了世味，沉重得压弯了腰。这一路负重前行，要离开的那一天，却不知道该如何放下。我们总是给自己找许多理由和借口，将所有的悲哀，怪罪给时光。用不堪一击的谎言，摧毁平常的幸福。告诉别人，我们的爱，我们的恨，我们的开始和结束，都身不由己。

静下心，看着怀素不拘一格的草书，一切悲伤和疼痛，皆如昨日之风。他风流洒脱的字体，似流水行云，无来无往。仿佛在告诉我们，凡尘的一切纠缠，转瞬即是烟云，又何必那么在意，那么执着。

在红尘中，开一扇般若门，携一壶酒，栖一片云，泼水墨，挥洒一卷草书。就这样，凭我老去，过往施过的恩，欠下的债，是否都可以一笔勾销？

云林深处，结一段尘缘

寻隐者不遇

松下问童子，言师采药去。

只在此山中，云深不知处。

——唐·贾岛

小时候，在课本里读过一首诗，后来再也没有在别的书里相逢，却记得好清晰，启唇就能念出："松下问童子，言师采药去。只在此山中，云深不知处。"这首诗，在我记忆里，是一幅会动的画，山中云雾，缥缈朦胧。一棵松，站成永恒的姿态；松下的童子，正轻摇蒲扇，烹炉煮茶。一位老者，其实并不沧桑，眉似青峰，眼中透着一种淡定。他询问童子："师父哪儿去了?"童子答:"采药去了。"老者又问:"何处采药呢?"童子一手执扇,一手遥指深山云林,说道:"就在此山,只是云深雾浓,不知道在何处。"

多么让人羡慕的地方,年少的我,不懂得诗中意境,却心存向往。总是站在雨后的楼阁,看远处云雾萦绕的山峦,傻傻地告诉自己,那里居住着白发神仙。此刻也许背着竹篓,在崖边采药;也许在云松下,和访客对弈品茗;也许在丹炉前,炼制丹药。儿时的想象,单纯也天真,我却一直将这份记忆珍藏。因为我始终相信,每个人的内心,都有一个安静而柔软的角落,那里藏着一瓣落花的忧伤,一朵云霞的美丽,还有一滴露水的感动。

儿时住在南方一个小小的村庄里,几十户人家,山水环绕,日子简单朴实。喜欢一个人在木质楼阁上,做一个纯真的梦。喜欢在弯曲的山道上行走,拣上几枚落叶,带回家,夹在课本里,为了纪念一片朦胧的心情。也喜欢折一柄荷叶,当伞撑着,挡几丝烟雨或一缕阳光。流年打马而过,那段时光,已经山长水远,不再来。如果可以,我愿意在这个初秋,行去山间,采一束雏菊带回家,插在青花瓷瓶中,看它静静地开放,像曾经某段年华。尽管,它不能取代年少,不能取代青春,但它一生,也只开这么一次,只一次,就让我记住它的美,它的好。

连绵的山，卧如佛，岩石是山的性格，草木是山的性灵，鸟雀是山的语言。这些平凡的物象，都隐含着禅意，尽管它们只是漫不经心地生长，与人无尤。没有谁，可以改变岩石的命运；亦没有谁，可以阻挡寸草的生长。鸟雀也和人一样，要经历生老病死的轮回。而我总幻想着，和唐时的贾岛一样，背着简单的行囊，行囊里有一把旧伞，一身换洗衣裳，几卷线装书，别无其他。来到幽深的山林，寻找一个遗世的隐者，和他下一盘棋，品一壶茶，说几句闲话。可叹，连问话的童子也觅不见，云雾深处，只有无言的山和孤单的自己。

来时的路，去时的路，都在唐朝。后来我才知道，这个去山中寻访隐者的诗人，果然与佛结缘。他叫贾岛，年少落魄时，在唐朝某个不知名的寺院出家为僧，法号无本。所谓无本，即无根无蒂、空虚寂灭之意。有时候，一个名字，也会注定一个人一生的命运。他虽喜禅佛清净，却又难忘红尘中蝶满枝头的春天。他是个诗痴，常常因为一句诗，甚至一个字，苦苦冥思，斟酌不定。

据说，一个月夜，贾岛骑一头瘦驴去长安城外拜访友人李凝。清夜之景，让他起了诗心，即兴吟了一首《题李凝幽居》。吟到"鸟宿池边树，僧推月下门"这一句时，他不知"推"和

"敲"哪个字更妙，在驴背上反复思索之际，撞上了京兆尹韩愈的车队。韩愈是当时诗坛的风云人物，惜才如命。得知眼前这位年轻的僧者，是个爱诗之人，便对他提议"敲"字更佳。后来，贾岛受韩愈知遇之恩，走进了长安诗坛，颇负才名。

他还俗，脱下僧袍，成了一个儒雅的书生。得韩愈鼓励，参加科考，却屡试不第，终究也只是长安城里一个落拓的诗客。他和友人孟郊、韩愈酒中寻雅，后来二人先后病故，留下贾岛，独自一个人醉倒在长安古道某个灯火阑珊的角落。其实，自古文人墨客的故事大都相同，多是不受君王赏识，满腹才学却落魄不得志，只得驰骋旷野，浪迹江湖。坚定之人，继续留在京城，为圆一场宏伟的心愿，付出青春的代价；灰心之人，选择归隐山林，种一树梅，植一株柳，养只野鹤，相伴老去。

多么简单的人生，若觉得乏味，是你还没参透命运的玄机。若觉得布衣素食，是人间最美妙的清欢，那你已经明白阳光下并无新鲜之事。贾岛这一生，为僧不免思俗，为俗又难弃禅心。枯寂的禅房生活，总让他想起京城的繁华。而身处闹市，他又会怀念山林寺院的清净。那一年，他寻隐者不遇，归来之时，是否被乱花迷了双眼？不然，柳畔的轻舟，又怎会过了万水千山？

　　贾岛终究还是迟了一步，被抛在红尘，潦倒一生，用尽才华却也只谋得官微职小，禄不养身。身死之日，家无一钱，只有一头病驴、一张古琴，最后被葬在城郊的某个山丘。记得他的人，也许有很多，但对他也只是一场追忆和悼念。我曾经在阳光下，将纸撕碎，从高高的楼上洒落。看小纸片在风中缓缓纷飞，像一只只白色的蝶，寂寞凄美。如今，年华在风中远去，追寻不到。

　　无论时光走得有多远，无论我们是否已经将自己丢弃，但是一切都还在原地，花在春天绽放，水在夏天澄净，叶在秋天飘落，雪在冬天纷洒。我只是一只假装忙碌的蝼蚁，或是强颜欢笑的花朵，尝尽风尘。不是因为我淡漠，只是流年如风，我顾不得那摩肩接踵的人流。

　　如果可以，我要做一株沉默的小草，无须害怕别人的眼神，只静静在墙根恣意生长。或做一枝藤萝，爬在老旧的院墙上，为过去的主人，守护一段年少往事。更希望，做深山丛林里，一只修炼的白狐，等待某个寻访隐者的年轻僧人，与他结一段尘缘。

人间花木，莫染我情田

喻吟

日用是何专，吟疲即坐禅。

此生还可喜，余事不相便。

头白无邪里，魂清有象先。

江花与芳草，莫染我情田。

——唐·齐己

　　此时，听一曲梵音，将浮尘关在门外。只有那轮清朗的明月，挂在窗边，离人很近，又离人很远。自古以来，人间万事，经历多少风云变幻，桑田沧海，许多曾经纯美的事物，都落满了尘埃。任凭我们如何擦拭，也不可能回到最初的鲜妍。纵然是万里青山、百代长河，也会随着时光的流逝而有所改变，留下命定的痕迹。唯有那轮清月，圆了又缺，缺了又圆，一如既往，不为谁改变。

一位朋友告诉我，她每日晨起，都要静坐一个小时。我自问是个安静的人，可要我每日静坐这许久，是断然做不到的。莫说每日，就算偶尔静坐半小时，只怕也有些为难。我问她静坐时想些什么。她告诉我，想宇宙万物、日月星辰，以及世间众生。她还说，以往想的或许与自我相关的多些，而现在静坐时，想得最多的，则是众生的安宁。我听后，心生感动，因为我分明看到一颗心，那么慈悲，那么明净。她不信佛，也不修道，静坐不是禅坐，却有一份禅心，悲悯之心。我相信，一个静坐的人，眉目间一定清澈无尘，她的眼睛，应该有着世俗人不敢逼视的洁净。

光阴是刀，所以这世间，没有一个不被宰割的人生。那些贪慕繁华的人，往往失去得多些；清静无为的人，则失去得少些。一个背着药箱行走江湖的郎中，一路悬壶济世，拯救伤病之人。而端坐在莲台的佛，会告诉我们，他有着无边的法力，可以超度沉沦的众生。人生到最后，都要回归朴素和简单，其间所经历的种种，只是为平淡的结局，写下隽永的一笔。

　　偶读唐代高僧齐己的诗，我感觉到，他平淡简单的生活，是那么清静自在。"日用是何专，吟疲即坐禅。"平日里，他只需吟诗，累了就坐禅，除此之外，别无其他。几句朴素的诗，让一个老僧的形象跃然纸上，生动而真实。高雅的志趣，淡定的禅心，无所求的生活，对他来说，寻常而自然。而对世俗中的你我，这样的生活无异于一种奢望。纷扰的俗尘，多少忙碌，多少奔波，让我们几乎忘了，这世间还会有那么一个清静的角落，可以暂时地安顿疲惫的灵魂。

　　都说一寸光阴一寸金，仿佛要将所有的时光都用得恰到好处，才不算是虚度。然而，当你静下心来，看一枚叶子无声地飘落，看一只蜜蜂栖息在花蕊上，看一炷檀香渐渐地焚烧；或是喝一盏清茶，和某个不知名的路人，有一搭没一搭地闲话家常。光阴倏然而过，这时候，你会觉得，时光是用来浪费的，并且一点都不可惜。因为我们品尝到生活真实的味道，这些微不足道的细节，才是人生的感动。而江湖所酿造的风云和气象，却像一座宽大的囚牢，困住了我们的思想。

　　这是一个丰盈饱满的时代，太多的诱惑横在眼前，让醉者更沉醉，醒者更清醒。一个富足的人，其实拥有了世间许多的华丽，他却常常感到空虚落寞。一个贫苦的人，得到的只是一些微薄的片段，他却有种满足的快乐。一物一风流，一人一性情，每个人落在红尘，都有一份自我追求，从不同的起点，到不同的终点，历程不同，所悟出的道理也不同。只是想象的空间越来越狭窄，飞翔的距离越来越短，就连做梦都需要勇气。

所谓得闲便是主人，也许我们更应该将远志封存起来，用闲逸的山水蓄养，于杯盏中自在把玩。看一场烟雨，从开始到结束；看一只蝴蝶，从蚕蛹到破茧；看一树的蓓蕾，从绽放到落英缤纷。不为诗意，不为风雅，不为禅定，只为将日子过成一杯白开水的平淡、一碗清粥的简单。也许只有这样，生活才会少一些失去，多一些如意。

再读齐己的禅诗，仿佛又多了一种澄澈的味道。日子如水般清淡，来来往往的人，不过是为了各自的前程，无奈地奔忙。这位唐代高僧，也曾尝过俗世的烟火，只是因了一段深刻的佛缘，才剃度出家，在山寺过着禅寂超脱的生活。皈依佛门，却钟情于吟咏，在诗风古雅里，享受诗禅契合的乐趣。此一生，破衲芒鞋，逍遥于山林之间。他著有《白莲集》，白莲与东晋慧远大师在庐山东林寺始倡的白莲社相关，亦关涉到《法华经》的莲花意象。莲与禅佛，有着不可脱离的因果，像一本书，不能没有页码；像一幅画，不能没有浓淡；像一首诗，不能没有韵脚。

齐己禅师一生在诗境和禅境里，冥思、静坐、了悟、证心。纵是历尽沧桑，心中依旧无邪如昨，灵魂清澈，视万象为纯一。他是那么洒脱，不需要为一段情爱盟誓，只将简洁的心灵，栖息在一束菩提的时光里。"江花与芳草，莫染我情田。"任由世间百媚千红，而他却不希望，有那么一株花草的种子，播撒在他的爱情之田。因为清淡如他，注定不会萌芽，不会开花，亦不会结果。他只守着禅寂的日子，端坐在蒲团，和诗为朋，与茶为友，直至近八十岁高龄，圆寂于江陵。

近八十年，多么漫长的岁月，换作寻常之人，在他斑驳的皱纹上，应该烙刻着太多风霜的世事。而齐己，脸上的皱纹，似一幅简洁的画，明朗的线条，屈指可数。一生也许真的不长，但是亦不必仓促地把生活的滋味尝遍。倒不如在缤纷的红尘里，留一份从容，把颜色还给岁月，把纯粹交给自己。

人生，就应当删繁就简，弃假留真，舍恨存爱。如果可以交换，何不让醉者醒来，让醒者醉去。或许这样，他们就可以看到彼此眼中的风景。一坛封存的窖酿，兑了半杯花露，浅尝一口，浓淡相宜，素净清芬。

茫茫世海，广植净莲

心如广大

心如大海无边际，广植净莲养身心。

自有一双无事手，为做世间慈悲人。

——唐·黄檗希运

清秋的黄昏，总有一种萧索之意。穿过窗牖，踱步而来，搅得人淡淡地神伤。哪怕你掩上窗帘，那清凉的风，依旧会穿帘而入。所有的坚韧，都为之柔软；所有的淡漠，都为之动情。想起《似水年华》里，那个在乌镇迷失的刘若英，于水乡的黄昏，她的心是那么脆弱。每至黄昏，她都要掩上窗帘，以为这样，就可以挡住尘世的凉。可屋内的人，还是被莫名的风声，伤得支离破碎。遗憾的是，她终究没能留在乌镇，那水岸的黛瓦灰墙，以及那座古老的逢源双桥，为她，永远地定格在小镇的黄昏。

这个季节的莲，已随秋风徐徐而落。池塘里，一些残叶枯梗，还眷恋着池水，苦苦强撑着，害怕自己留不住将逝的青春。一叶木舟停泊在柳岸，不过是为了装饰荷池，以及往来游人怀旧的梦。骤然想起唐时一位高僧有诗吟："心如大海无边际，广植净莲养身心。"多么宽阔的心境，须得一个彻悟明净之人，才能有这样的襟怀。这个人，不一定是佛门高僧，也许他身处世俗，只是一个平常的凡夫俗子，只要他们有一颗禅心，同样可以广植莲荷，洗净心灵。

是的，一个人的心，该有多辽阔，才可以搁得下万象云烟。日月星辰、高山流水，都藏在人心深处，每个人都可以用心去感悟世态，造化桑田。开了一整个夏季的莲，没有办法不随时光零落，也许只有心中的莲，可以不分四季，盛放如初。这不是一种梦境，而是一种无量无边的禅境。一颗圣洁的心，可以蓄养万物，容纳一切。迷惘的时候，采撷一朵莲花，以它的洁净，会慈航普度众生，所以我们不必担心，会在广袤的莲塘沉沦。

"自有一双无事手，为做世间慈悲人。"一个人在心中广植莲花，世间的物欲俗尘，又怎么还能侵扰？若此心无住，早已远离污染，一些在佛境得以涅槃之人，亦不可独自享受那份超脱的清闲。当知这世间，还有无边的众生，仍在生死苦海里轮回。修佛之人，因生出菩提心，慈悲济世，拯救红尘功利之客、迷梦之人。也许只有这样，那绽放在心田的莲，才禁得起流年，得以永不凋谢。

第一次读这首诗，就为大师的悲悯之心感动。我也是芸芸众生中的一个，在迷惘的时候，亦需要一朵莲花，来净化我的灵魂，度我脱离苦海。所谓苦海，不是红尘的苦海，而是人心的苦海。红尘纵然有太多的污浊，太多的诱惑，但终究还是有洁净、清心之人，从泥淖中颖悟而出。那些沉浸在自己情绪里不能释怀的人，只能在尘海徜徉。事实上，一个爱惜自己的人，才能爱惜别人；一个可以拯救自己的人，才能够拯救别人。所以，那些得道高僧，都是自己先修炼出尘海，再度化众生。

写这诗的高僧叫黄檗希运，唐朝福建人氏。幼年在本州黄檗山出家，聪慧灵敏，精通禅理。黄檗禅师曾参百丈怀海禅师，见面后得悟。百丈禅师对他甚是喜欢，一番对话后，百丈禅师嘱咐黄檗希运日后不要辜负他。可见，空门也只度可度之人，大雨只润灵性之草。一颗晦暗没有灵性的心，任你如何点化，都无法通透圆融。

黄檗禅师力倡"即心是佛"之思想，唯是一心。千言万语只教人莫错用。"一心"，分别即魔，忘机即佛。所以他的心，会如大海一般辽阔。他在心中广种净莲，不仅是为了静养身心，更为了用无尘的禅境，慈悲的佛法，度化茫茫世人。让众生可以在莲海里自在摆渡，免去许多无谓的纠缠与迷失。佛法就是如此，冥冥中有一种无穷的力量，无须下雨，就滋润干渴的心；无须点火，就温暖寒冷的人。而我们，也不敢轻易亵渎那片净土，仿佛踏进寺庙，心就会被那里的云水滋养，可以如莲花一样洁净地绽放。

在断垣残壁上筑起佛殿，在荒凉土地上栽种莲花，在枯枝碎叶上写满经文，也许罪恶都可以成为慈悲，丑陋亦可以转为美好。这就是佛法，只要一个人的心没有枯萎，那里就是一片汪洋，一片沃土，可以生长万物，拯救众生。可这世间，只有那么极少数的人，可以参悟佛法，将自己从红尘抽离。而大多数人都只是在世浪尘涛中沦陷，在深水中游离，却又执着无悔。每个人生来就注定了一切，命运在手心画好了纹线，你是佛前的莲，还是凡间的草，都清清楚楚，明明白白。

我们都是平凡的人，不过是在平淡的岁月里，做着庸常的自己。因为迷惘，因为疲倦，因为悲哀，所以会在不经意的日子里，焚一炷檀香，听一曲心经，养几株睡莲。为的是，洗去一些浮尘，邂逅一段机缘，沾染一点佛性。而佛固守着它的莲台，在灵山胜境，等候众生去烧香祈福。任何时候，都不会太迟，因为那道门，永远为我们敞开。直到有一天，生命的春天戛然而止，是否还会有另一个秋天，为之延续？

岁月催人老，过往的片段，就像一张张泛黄的黑白照片。这世间，总是有人不断地衰老，有人出生，有人成长。当你老得只剩下回忆之时，别人手上还握着大把的青春，可以肆意挥霍。可人生的路，无论风雨，都是自己点滴走过，没有谁可以代替，也无人能够掠夺。生命之长短有定，前世因，今世果，今生因，来世果。既是如此，莫若淡然一些，随缘聚散，来去从容。如果愿意，就一路吟诵佛经，让慈悲在心田上，开满洁净的莲花。

放下包袱，即可成佛

我有一布袋，虚空无挂碍。

展开遍十方，入时观自在。

——五代·布袋和尚

一钵千家饭，孤身万里游。

青目睹人少，问路白云头。

——五代·布袋和尚

　　站在窗台，看到楼下院墙被藤蔓攀附，墙根下潮湿的角落长满了苔藓。这本是纷扰人世一片清凉之境，却无端地让我心生悲悯。在这个连空气都弥漫着诱惑的凡尘，多少人，甘愿委作尘泥，默默地过完仅有的一次人生。黑暗，只是给那些长期在阳光下生活的人，偶尔借以阴凉的地方。朴素，也只是给那些成日穿着华服锦衣的人，偶尔充当的道具。其实每个人心底都有一份纯粹的无私，愿意奉献给别人。我们把这份无私，视为善良、真诚、美好。在悲伤的时候，给予快乐；在寒冷的时候，给予温暖；在无助的时候，给予希望。

想起布袋和尚，据说他是弥勒佛转世，来人间度化众生的。布袋就是他的道具，那是身上的包袱，放下包袱的人，就可成佛。他有偈语："我有一布袋，虚空无挂碍。展开遍十方，入时观自在。"他的布袋，装着的是虚空、无牵、无碍。而我们肩上的布袋，却装满了欲望，有情爱、名利、贪婪，一件件地往小小的布袋里塞，恨不能把天下的富贵都装进去。一个人，布袋里拥有一切的时候，却最为贫瘠。而一个人，布袋里一无所有时，却感到超然。

我们要学会在诱惑中自持淡定，才不会迷失归途和本真。可是有多少人，走过一程又一程山水之后，可以做到不采撷一片风景装进布袋？又有多少人，可以将装满布袋的物品，一件件重新取出来，当作从来都不曾拥有过？我们都是食人间烟火的人，不求彻底的寡欲清心，只求在纷扰中，时有一份平静无澜的安闲。

所谓虚空无挂碍，不是让我们离开豪宅，住进茅舍；也不是让我们不食佳肴，嚼起菜根；亦不是让我们脱下华服，穿上素布。修行在于修心，倘若身去了乡野田园，而心还在喧嚣都市，那么所做的一切，不都是徒劳？

布袋和尚，五代后梁时期的僧人，明州奉化（今属浙江）人。常手持锡杖，身背布袋，行走在山水田野间，一生奇事不胜枚举。据说他能预卜吉凶和气候，预测有雨，晨起曳高齿木屐，竖股卧大桥上，是日必雨；预测天晴，系草履疾走，是日必晴。他逍遥自在，无拘无束，吟着偈语："一钵千家饭，孤身万里游。青目睹人少，问路白云头。"他就是这样一个和尚，没有名氏，不知由来，蹙额大腹，笑口常开。有时煞有介事地占卜未来，有时又漫不经心地佯狂疯态。

蒋宗霸常与布袋和尚交游，拜之为师，随之云游三年。据说一日二人共浴长汀溪中，蒋宗霸看到布袋和尚背上有四目，光彩炯然，惊叹道："和尚是佛也。"布袋和尚曰："勿说，吾与汝相聚三四载，可谓有大因缘，吾当去，汝勿忧也。"后来，他圆寂于岳林寺一块磐石上，据传他圆寂前留一偈语："弥勒真弥勒，分身千百亿。时时示时人，时人白不识。"而布袋和尚，为弥勒佛化身的说法，自此广为流传。

布袋和尚的笑容，似佛光普照芸芸众生，给所有身处黑暗的人，指引到明亮的地方，给潮湿角落的草木和青苔以温暖。布袋和尚的大肚，容纳世间一切丑陋和罪恶，令心胸狭窄之人也明朗豁达，让渺小的微尘也有了无边无垠的空间。我们总是自觉卑微，想要攀附阳光，在花丛中做一只飞舞的蝶，可以穿越庄周的梦，穿越时光的禅意。却不知，我们的心有时无比强大，有足够的力量，做一只原始野生的苍鹰，可以追云逐日，尽显王者风流。懦弱，有时是为了遮掩心底的坚韧；而坚定，有时是为了隐藏心中的柔软。

还喜欢布袋和尚的一首佛诗："手把青秧插满田，低头便见水中天。六根清净方为道，退步原来是向前。"这首诗，是为了度化那些在田间插秧的农人而作。他们为苦种薄收、日复一日的命运而感叹，是布袋和尚教他们要六根清净，低头就可以熄灭所有的妄想和杂念，如明镜照见自己洁净的身心。他们退步插秧，其实是在向前，因为今天的劳作，一定会换来明日的收成。这片农田，其实也是心田，每个人，在心中栽种梦想，然后期盼阳光和雨露，等待开花和结果。

布袋和尚告诉我们，生活中的点滴小事，都隐喻着禅意。我们需要一颗清净的心，去发觉，去参悟，去了空。凡尘之事，荣枯有定，幻灭无期，无法阻挡的时候，就要勇敢地应对。在自然浩大的灾难面前，我们真的很卑微，会被一滴雨给砸伤，会被一缕阳光给融化。也许我们更应该在心里筑起一道坚固的城墙，纵是河流翻腾，群山崩塌，也可以岿然不动，毫发无损。

让我们放下肩上沉重的布袋，放下生活的包袱，忘记应该忘记的，留住可以留住的。如果你曾经有过锋芒，那么在刺眼的阳光下，请你遮掩，不要再去挥舞利刃；如果你曾经有过暗伤，那么在宁静的月光下，请你掩藏，不要轻易揭开晾晒。既然都是旧事，就应该尘封在古老的角落，不被人打扰。让它们湮没在岁月的长河里，经过时光的磨砺，幻化为一沙一砾，不显山，不露水。

从此，做一个慈悲的人、平淡的人。在黑暗中，你做他光明的拐杖；在风雪中，你做他温暖的炉火。寂寞时，你给他花朵一样的微笑；孤单时，你给他大海一般的襟怀。那么，让我们都做一张丝薄的纸吧，在水墨中缓缓地洇开的，是尘世中最简单的幸福。

第三卷 ◎ 坐看云起

—世间所有相遇—都是久别重逢—

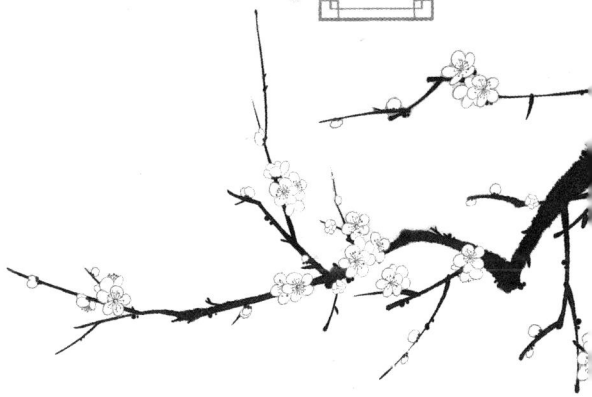

归隐南山，采菊东篱

饮酒

结庐在人境，而无车马喧。

问君何能尔，心远地自偏。

采菊东篱下，悠然见南山。

山气日夕佳，飞鸟相与还。

此中有真意，欲辩已忘言。

——晋·陶渊明

又是菊开的季节，一个萧索的季节，却又是令人眷念的季节。许多人对秋天都情难自禁，这个季节的红叶，会酝酿出一种难以言说的惆怅和美丽。这个季节的霜菊，会带给人一种至性天然的淡泊和从容。我印象中的菊，该是开在疏篱之畔，清瘦的枝，细长的叶，素静的花瓣，隐藏着稚嫩的蕾，是那么淡雅而素净。都说迎霜开放，孤标傲世，是菊花坚忍耐寒的品质。而我总觉得菊是一个痴守爱情的女子，被不守誓约的情人耽误，枉教流年漂洗了青春容颜。

人说，每个人都是一种植物的化身，看到菊花，我想起一千多年前陶公咏菊、白衣送酒的故事。那么遥远的年岁，其实不过是一朵菊花开合的瞬间，你闭上眼，一切还停留在昨天。菊花是陶渊明的知己，在多风多雨的魏晋时空，成了他一生的寄托。我的前世，一定和菊花无关，但是秋天的情劫，也足以给我致命一击。其实，无论是哪个季节，我们都逃不过风月这场情债，以为可以安静地生活，却不知光阴一直逼迫我们逐流。

每当我在秋季将一枚刚刚拾起的红叶夹在书页中时，以为这样就可以令它沉睡，以为这样就是安放了自己的心。实则不是，待到有一天盘点数年来的心情，只不过发觉，关于秋天的记忆，秋天的柔情，要比别的季节多些而已。而我们一如既往地清贫，许是因为所有的相逢都是萍聚，所以就算行走在阡陌纵横的人世间，拥有的也只是清风瘦月的心情。

无论你是否懂得历史，都知道，在魏晋有一场玄风，弥漫了整个天空。玄，玄妙、幽远，神秘深奥，缥缈难捉。玄风，与道家相关，道则是表达一种清静无为的思想。但我总觉得，玄，玄机，玄理，与禅学亦是相通。陶渊明隐居南山、采菊东篱、散漫林泉、置身田园，梦着洁净的桃花源，一则是因为现实所迫，再则是他心驰神往。倘若他在官场如意，仕途顺畅，或许他对菊花的偏爱，对淡泊的向往，会有所减轻。

陶渊明一生几仕几隐，是因为他一直处于矛盾中。多年以后，当彻底回归田园，他想起曾经的抉择，几度浮沉，自己都会惊讶，处在这样没有车马喧嚣的幽境，为什么还会落入尘网三十年？千缠百绕的尘网，到底捆缚过他的灵魂没有？他说，心远地自偏。世间万象皆由心生，心静，则境自宁。若是真的放下名利之心，纵然身处闹市，亦如同结庐在山林。

言虽如此，但陶渊明还是归隐南山，东篱种菊，庭前把酒。虽不像桃源里为避战祸而隐居，却亦是一种对无法掌控的现世的逃避。人生有如泡茶，你不能把一壶好茶泡出清雅的芬芳，浓郁的醇香，莫如让杯里永远装着一杯白水。陶渊明最终远离仕途，意味着割舍繁华，选择了南山，即选择了清贫。就如同将一盆温室的菊花，移栽到竹篱，虽然失去了温暖，却也免去被修剪的命运。从来只有金丝雀羡慕飞鸟的自由自在，没有飞鸟羡慕金丝雀的养尊处优。名利也许真的很有诱惑力，却不是每个人都要得起。

陶渊明要不起，他如同倦鸟迷途知返，在月落之前回到老旧的巢穴，只求安稳度日。好比一个走入迷途的罪人，在深山禅林偶闻钟声，被悠远的禅境度化，就那么不顾一切，甘愿放下手握多年的屠刀，低下倔强的头颅，跪求于佛的脚下。我们认为绝无可能的事，往往只需要一个刹那，就将结局更改。这就是脆弱的人性，禁不起丝毫的感动，我们被征服之后，连理由都无从寻找。我也是在这首诗中，恍然明白，陶渊明一生的执着，也抗拒不了一朵菊花的清淡。

是菊花给了他真意，给了他归宿。在某个烟雾缭绕的晨晓，他突然方寸大乱，发觉天地间原来是这样空茫。当一朵染霜含露的菊花，在柴门小院边开放，他终于懂得，自己的前世是一种叫作菊花的植物。多美的缘分，带着清宁的禅意，隐约地绽放在南山，悠然自在。若是早些醒悟，也不必在尘网挣扎多年，也不必辜负菊花的深情厚意。可佛家信缘，缘分未来临之时，天地玄冥，缘分到时，则乾坤清朗。

有时候，一个简单的道理，非要你穷尽所有去分解。就像一个谜，明明知晓答案，却非要你经历那个繁复的过程，才肯揭晓最后的谜底。我们喜欢把情缘归结给露水，把名利托付给纸砚，把隐世寄放在山林。一切的前因，都有相应的结果，看似懵懂的人生旅程，却不容许有任何的差错。陶渊明选择归隐南山，菊花做伴，诗酒逸兴，绝非盲目地依从。没有什么比无尽的漂泊后，找到归宿更令人安心。如果他承认过往是迷途，那么现在的南山将是此生真正的魂梦所系。

陶渊明在隐逸南山时，他清歌长林，孤啸山水，或采菊东篱，或垂钓于溪畔云涯，或荷锄于田埂阡陌。他时常携一束菊花，去庐山东林寺寻访慧远大师。两人对弈参禅，煮茶悟道，漫游于莲花清境，不累于外物。留下了虎溪三笑的故事，也给世人带来无以言说的淡泊和宁静的闲隐之趣。我们心中的陶渊明，在梦里筑了一个桃源，那里没有纷乱的人流，连飞鸟偶然误入其间，都不愿归还尘间。他应该常流连于山林古刹，诵读经卷；他应该啸傲于柴门篱前，醉酒吟诗；他应该采菊于南山之巅，寄兴高秋。

是到了该放下的时候了，做一个清净的人，一苇渡江就可以抵挡人世的沧浪。陶渊明在南山修篱筑巢，从此南山成了庸碌世人所神往的地方。其实那里很淳朴，只是能够以最近的距离和大自然拥抱。一年四季，花木遵诺而生，守约而死。又是秋深，草木皆枯，唯有菊花，枕着秋霜开在东篱，不招摇，不妩媚，安逸而素淡。

没有禅意的开始，亦无须禅意的结局。可我知道，每个人都愿意去一次南山，折一束霜菊，住一夜柴门，之后回到烟火世俗，看尽春花秋月，经历生老病死……

山穷水尽，坐看云起

终南别业

中岁颇好道，晚家南山陲。

兴来每独往，胜事空自知。

行到水穷处，坐看云起时。

偶然值林叟，谈笑无还期。

——唐·王维

你是否因为一幅字、一幅画、一首歌，或是其他什么，对某个未曾谋面的人，心生牵念？也许你并不想记挂，可一份感动已经碰触了心弦，迫使你总是会不经意地想起。甚至在梦里还有过几次邂逅，可尽管如此，你还是不敢轻易打扰。因为，许多的人，许多的事，梦着就好，倘若贸然去唤醒，不但惊扰了别人的平静，还会搅乱了自己的安宁。

也曾想过，剪一段梦中的记忆，织一件缘分的衣裳。只是这世间，不是所有的缘分，都恰如心意。就像一件你心爱的衣裳，穿在身上未必合身，可命运不会量体裁衣，它不能顺应你的时候，你就只能容忍它。有时候，选择与寂寞为伍，让偶起波澜的心，渐渐地转至一泓清澈而明净的水，也算是修炼到某种禅境了。都说寂寞是情至深处而生出的一种怅惘，一个爱上寂寞的人，或许会厌倦风霜的世情，但是绝不会逃避自然山水。我们应当相信，这世间真有这样的人，对营营名利视而不见，却为山林的一朵无名野花，心动不已。

每当被情缘所缚，就会想起王维的一句诗："行到水穷处，坐看云起时。"唐代的诗僧数不胜数，诗佛却只有王摩诘。许多人对他的喜爱，皆是因了他的诗境，可以将人带离纷扰的世俗，给山穷水尽的人，一个柳暗花明的转机。有人说他是消极的，禁不起贬谪的落拓，就背着行囊，逃到终南山，做起了佛前的一粒芥子。在寂静的山林弹琴长啸，一任青苔慢慢地爬满自己的门阶，那个如花的大唐盛世，仿佛已成了前世的记忆。

十年寒灯，江湖夜雨，王维选择步入山林，不是仓促而茫然的。若不是经过朝堂变乱、笙歌逝尽的世情落寞，经过漫长深秋的萧索和苍凉，他也不会那般决然地转身。也曾深情地吟咏过《相思》，在千年前的唐朝种下一颗红豆，每个中了情花之毒的人，都想要摘一颗红豆，用来自解。弱水三千，最终他还是要了寂寞山林，只有山林才可以将他彻底地带离繁芜尘世。他是真的倦了，行至水穷处，坐了下来，漫看天边云卷云舒。曾经的大悲大喜，刹那荡然无存，他突然觉得自己好生无情，因为他觉得世无可恋。

很多人都想知道，佛到底是无情还是深情。若是无情，他又偏偏要爱众生，若说深情，他却不为凡尘的情爱而动心。或许佛的无情，是深情的凝聚，佛的深情，又需要无情来释怀。王维是深情的，连他自己也不知道，到老的时候，他会对寂寞这样情有独钟。山水是寂寞的，无论经历了多少沧桑变迁，它们仍一如既往地保持无言。王维爱的就是这种无言，用心灵去交流，让他觉得宁静踏实，没有伤害，亦不需要背负任何的孽债。

那个值得追忆的大唐盛世就在眼前骤然消失，他曾经用心追求过的名利，此刻在山林中换一草一木都不行。在这里，功名连一粒尘埃的价值都没有，我们总说世俗太现实，然而山林亦是如此。倘若我们将一颗世故的心带进来，这里的一切生灵，都会将你我拒之门外。缘分是两个人的事，你情我愿，你欢我爱，才是有缘有分。一个人的心动，无法让花开到极致，任你用怎样的深情浇灌、呵护，它还是会夭折。王维懂得，所以他割舍了人间的相思，只和水说话，只和云参禅。

山中的岁月过得特别快，闪若流星，转眼已不知是几度花开花落。山中的岁月又似乎特别漫长，这里的花草树木，并无丝毫变化。以为离尘太久，心会渐渐老去，岂知生命的琴弦越弹越亮，在清冷的月光下，闪烁着洁净的光芒。在世间绕了千千的心结，被明月清风轻而易举地打开。这就是王维和山水的缘，一种禅缘，让人心生羡慕和遐想。虽说每个人伸手就能触摸到清风，抬眼就可见白云，静坐可以听闻流水，假使你没有一颗宁静的心，就无法与自然万物有深刻的交谈。王维做到了，是因为他和喧闹相离，与寂寞相爱。

我是个爱做梦的人，梦里最多的是远离尘世，在明山秀水处闲居。抚琴作画，静坐参禅，一任流年似水，又是否老了容颜。有人说过，待到老时，就陪我去山里住下。不是承诺，更不是誓言，说得那么漫不经心。我明知道是假的，但还是愿意相信，能说出这句话的人，也该是一个向往宁静的人。只是这世间有许多这样的人，被命运牵着走，无法自在呼吸。所以就连应诺一个人，也说得那么含糊，而谁又肯为一句没有期限的话语，痴心守候？

在不能如愿以偿的日子里，我总是被王维的诗句感动得不知所措，那是因为我也爱极了寂寞，山的寂寞，水的寂寞，禅的寂寞。我愿意看着一个临着水畔的老者，坐看云起，或垂竿闲钓于一溪流淌的水。明知道钓钩上一无所有，但还是乐此不疲地坐钓一份闲逸。我曾对人说过，人生的大美是简洁。所谓的简洁、纯粹，不是一个不懂世事的孩童，而是一个历经风霜的老人，他尝过人生百味，到最后，淡饭清茶足矣。他的心，将所有的复杂都过滤干净，所剩的，就只有纯粹了。

希望有一天，我的心可以清如明镜，可以站在镜前，看自己两鬓的华发，还有老去的容颜，不会心生感叹，而是平静待之。我亦希望，有一天，坐在云崖水畔，垂竿闲钓自己的影子。哪怕忍受一生的寂寞，也愿意，因为这只是生命的澄寂，而灵魂却充实丰盈。那么就这样做安静的自己，让牵念的人，依旧放在心里，不去惊扰。哪怕有一天在梦里，为某个渺小的感动，泪流满面，醒来后，也要假装一切都不曾发生过。有些人，有些事，注定只能在梦里相逢。

就让我做一朵闲云吧，没有来处，不知归途，在寥廓的苍穹飘荡。有缘的人看见我，将我写入诗中，描进画卷，编进梦里。无缘之人，就这么擦肩吧，擦肩并非无情，而是让缘分走得更久远。

曲径通幽处，禅房花木深

题破山寺后禅院

清晨入古寺，初日照高林。

曲径通幽处，禅房花木深。

山光悦鸟性，潭影空人心。

万籁此俱寂，唯闻钟磬音。

——唐·常建

　　有时候，也想学某位僧者，在红尘中禅定。晨起时，泡一壶清茗，点一炉熏香，在窗明几净的课堂静坐。看一盆文竹淡定心弦，一只鸟雀栖在窗边，不鸣叫，似在遥想某个远方的故人。待到茶凉却，香燃尽，我心绪一如初始，并未参得什么，但我深知，这个过程没有纷扰，不思尘念，就是一种禅定。

并非一定要是佛门中人，或是居士，才可以参禅悟道。人生原本就是一册禅书，每个看似简单的章节，都蕴藏着玄机。我们总喜欢抱怨自己的庸常，却不知，用一颗平常心才能参透深邃难懂的人生。真正的禅书，是众生都可以读懂的。一个个看似平淡的词句，可以启发众生悟出深刻的道理。生活若禅，用禅心来宽容一切，苦闷必然会随之减少，心情也会变得闲适起来。

记得年少时读过一句诗："曲径通幽处，禅房花木深。"那时候，对禅的向往，是一种超脱遁世之念。只觉远离万丈红尘，避开世俗纷扰，就是禅者之心。世间之人当居闹市之内，而僧者则该寄身于深山庙堂。若将之寻找，必然要穿过幽深的曲径，禅房隐藏于花木丛林处，不为俗世干扰。历来古刹庙宇，建在深山崖顶，是为了让僧者可以在大自然中静坐参禅，和清风白云一起修炼，与花木虫蚁共悟菩提。黄卷青灯是知己，晨钟暮鼓是良朋，唯有耐得住清贫和寂寞的人，才会深知人生苦乐。

古来亦有许多高僧体会过禅林孤寂，后又选择入世，在最深的红尘参禅。秦楼楚馆亦可以成为菩提道场，歌舞是梵音，酒肉作素食。那是因为他们的心早已清净若水，再无任何的欲求可以将其困扰。人生若流水，心在流水之上，身处流水之下。年华流逝，一去不回，思想却随光阴沉淀，愈积愈深厚。一个不受物欲捆缚的人，才可以超越自我，度化别人。

许多僧者，最开始的修炼坐禅，也许是求自我解脱，离尘避世，难免有消极的思想。到最后，被经文中的禅理感化，便忘却自我的存在，而心系芸芸众生，只想将众生从苦难的尘网中解救出来，让他们懂得，任何的眷念、难舍都是自寻烦恼。所谓因果自尝，尘网之中，处处皆是荆棘，若不动，则不伤；若挣扎，则伤痕累累。静，可以摒除一切执念；善，可以化解一切罪恶。

其实"曲径通幽处，禅房花木深"，只是给深陷俗世之中的人，一种清幽的意境。他们曾经对繁华深信不疑，之后必定会对清淡另眼相看。人生就是如此，当初为情感执着不悔，到最后，会发觉所有欲生欲死的深情都不值一提。人生这卷书填得越满，心就越空。日子就是这样，送走了今天，又怀想着昨日，并期待着明朝。我们一直以为的归宿，原来也只是驿站，那么多仓促的聚散，像是流云一样，来来去去，没有安定。

后来知道，写这句诗的人叫常建。他是唐代诗人，字号不详，进士及第，仕途失意，遂来往于山水之间；其诗意境清迥，语言简洁自然，风格独特。这首《题破山寺后禅院》因其幽深的禅意，超远的境界，而深受世人喜爱。想象一个清凉的晨晓，诗人踱步去古寺，看阳光从林间悠然流泄，曲径通幽，花木藤蔓爬满了禅房，墨绿的时光静静地绽放，灵动的鸟儿在林间嬉戏，心便在一潭静水中渐渐空无。那是一个不受惊扰的禅界，寂静得只能听到隐约的梵音，低吟着前世的一段心语。

就像此时的我，一个人，一杯茶，从深秋的晨晓，坐到午后。阳光从窗棂间轻洒进来，落在一卷翻开的线装书上，惊动了我没有做完的梦。梦回唐朝，千年前的长安城，是许多文人雅士共有的一个梦。秋雁文章，菊花心事，同样的光阴下，每个人过着属于自己的不一样的人生。有些人，相隔千年，可以推心置腹；有些人，近在咫尺，却形同陌路。同样是一本唐诗，不同的人，被不同的诗句打动。情感是人性致命的弱点，你喜欢的人，也许平凡，却让你无法忘怀；你喜欢的句子，也许寻常，却让你爱不释手。

有时在想，缘分究竟是什么，让禅者这般信任和依恋。许多人背着缘分，不辞辛劳地奔波，却发觉，兜兜转转，还是逃不过命运的安排。有缘分的人，纵使逆道而行，最后还是会走到一起。无缘分的人，像藤一样纠缠攀附，也会枯死分离。我曾经喜欢芍药花的另一个名字——将离。这个名字，有一种令人神伤的美丽，像一支哀婉的古曲，唱到最后，渐行渐远得让人好生不舍。

人生最怕的就是分离，最痛心、最不舍的莫过于将离。十指相扣的手，缓缓地松开，深情相看的眼眸，转瞬即捕捉不到彼此的神韵；转身的刹那，连落泪都是无力的，这就是将离的无奈。我很难想象，大朵的芍药花，开到鲜艳，开到极致，又如何会有这样一个悲情的名字。任何的情深，都会惊动光阴，记忆会酝酿出灾难，我们所能做的，就是悲喜自尝。

现实太沉重，沉重到一枚秋天的落叶，都足以将行人砸伤。季节仓促地更迭，使得我们再也不敢一意孤行。收藏落叶，折叠记忆，是为了在年老时，可以有过往重温。在生活面前，我们曾经富足到可以任意挥霍，有一天却穷困到一无所有。那时候，你我连取舍的资格都没有，只能够站在一棵枯树下，看这起起伏伏的世界，看到于心不忍。

也许这位叫常建的诗人，早已体味过将离的无奈、失去的残忍。他不愿与现实有太多的纠缠，便让自己从闹市走到古刹，由喧嚣转至平静。他在山水中参禅，用他幽淡的心绪，感染了万千世人。看完这首诗的我，心灵仿佛都停止了漂泊，宁愿重新修改人生已经编排好的故事章节，也不肯再辜负任何一段宁静的光阴。

枫桥，那场涛声是否依旧

枫桥夜泊

月落乌啼霜满天，江枫渔火对愁眠。

姑苏城外寒山寺，夜半钟声到客船。

——唐·张继

　　我曾无数次想象自己是姑苏城的过客，在一个红叶满秋山的季节，乘一叶小舟顺流而下，只为抵达在梦里萦回多年的寒山寺。多少人，因为唐人张继的《枫桥夜泊》，对寒山寺有了一种难舍的情结。千年前的霜夜，一个漂泊的游子乘着客船经过姑苏城外，被点点渔火触痛了客愁。寒山寺夜半的钟声，唤醒了迷惘的路人。千年以后，桨橹划过的地方涛声依旧，那些手握旧船票

096

的人，又将登上谁的客船？

　　江南就像一个梦，这个梦轻轻地落在每个人的心间，让人心驰神往。我自问是个清淡的人，却还是无法逃脱梦的纠缠，为了一场杏花烟雨，为了一片庭院月光，背着简单的行囊，走在青石铺就的小巷上。来到水乡江南，是为了圆梦，这梦就像是前世未了的夙愿，在今生必然要以一种痴情的方式来完成。

　　已记不起第几次春去秋来，日子过得久了，才知道人间红尘，无法用时光来丈量。站在古老的枫桥上，刚看过一场雁南飞，它们的离去是那么坚决。我却像一只离群的孤雁，明知寒冷的秋霜会冰冻如流的记忆，却甘愿落在尘网，折翅敛羽，蜷缩在梦的巢穴里不肯离开。是舍不得寒山寺悠悠回荡的钟声，还是在等待千年前那个过客转世归来？抑或是留恋一枚秋叶黯然神伤的眼眸？

　　星移斗转，沧海桑田，多少人事早已面目全非。人间的情爱离了又聚，聚了又散，寺里的僧人换了一代又一代，就连寺内悬挂的古钟也不是那口唐钟了。唯有寒山和拾得两位高僧，端坐在寒拾殿内，接受众生的跪拜，也度化芸芸众生。城市的变迁抹去了许多旧痕，熙熙攘攘的市井，似乎从未走进过枫桥。纵然寻访寒山寺的游人无数，他们亦不忍带着纷扬的尘埃，来到这方净土，只希望把水乡美好的梦，留给后世，让人们都记得，纵使是萍水相逢，也要许下情深的约誓。

我甚至想过，千年前我是居住在姑苏城外的贫女。守着一间草屋，种植几树桃花，自酿几坛陈年佳酿，只为收留寻梦而来的他乡异客。这里绝不是他们的归宿，绝不是，只是给迷路之人一个避风的港湾。他们赏阅过水乡的风情，朝拜过慈悲的佛祖，又将乘坐船只去远方。那一晚漂泊至枫桥的张继，是否会拴住客船，在草屋和我共饮一壶佳酿？又是否会讲述长安城的繁华，大唐天子的威严，以及一个诗客行走于世路的艰难？

显然这一切都是虚构，因为千年以后，没有谁知道有过这样一个农女。寒山寺却因为张继的一首诗远近闻名，成为姑苏的游览胜地。一切都是那么巧合，他不过途经枫桥，写下一段当下的感思。他甚至只闻钟声，没有走进寺院，却给这座寺院带来了袅袅不绝的香火。佛家说，一切都是因果注定，或许张继在唐朝之前的某世，是个僧人，与寒山寺有过一段缘法，所以才会有这么一次霜夜的邂逅。又或许唐朝的张继转世，做了寒山寺某代高僧。

　　我想着，张继不知道与多少人有过未曾谋面的缘分，那是因为他的情思和许多人相通。每个人心底都怀有一份诗愁、一点禅意，在繁芜的人生旅途中，只想结束波浪洪涛，找寻一片清宁。我们总是被生活所迫，在无可奈何的时候，试图用柔软的情怀来抵挡残酷的现实。江南是一个储存梦想的地方，只有在这里，才觉得一枚枫叶比世间所有浮华都珍贵。我们的放逐是为了心灵有所依托，在仓促的流年里，有时候飘零亦是一种归宿。

　　枫桥下面的江畔，停泊着许多艘小船，不知道哪艘小船里，载着一位忧郁的诗人，也在聆听寺院里隐约的钟声。同样是秋季，半江瑟瑟，潮落潮起，就像许多未了的缘分，为了邂逅等候于明夜的霜月。每个人都懂得江山易改的道理，可对于这座千年来屹立不倒的桥，依旧托付真心。那是因为我们信任自己的多情，而忽略光阴的流逝原来是这样无情。你在此处热忱不已，它在彼处冷眼相看。

　　如果当年张继不曾在客船上吟咏这首《枫桥夜泊》，我也不会痴守在桥头，年年月月等待枫林醉染的霜天。人和人的缘分真的很奇妙，有时可以维系千年，任凭风尘起落，情怀不改；有时相逢刹那，转身便成了永远的陌路。佛说，缘深则聚，缘浅则分，万法随缘，不求则不苦。那么我是否该以安静的姿态，微笑地看人事变幻，看今日离枝的落叶，成了明日枝头的翠绿？

友说，他很喜欢一句话：世间所有相遇，都是久别重逢。我听时也怦然心动，原来人与人所有的相逢和别离，都有宿缘。一棵前世不会开花的树，今生却结满硕果。一个前世无情的人，今生却慈悲。我突发奇想，如果想找一个人，只寻找一天可以吗？如果想珍惜一段年岁，只珍惜一个秋季可以吗？如果想读一本唐诗，只深爱一句可以吗？

在一场迂回的梦中，我读懂了禅味。许多百转千回的故事，其实到最后，都要回归平凡。就像张继的诗，因为简洁、真实，才会滋生出咀嚼不尽的韵味。只是不知道，什么样的黑夜，不需要渔火？什么样的船只，不需要港湾？什么样的青春，不会老去？什么样的相逢，不会错过？千年以来，没有谁在枫桥迷路，因为佛祖和我们，只是一墙之隔。

人生既然注定充满了悲欢离合，就应当默默地承担一切。有一天我们真的读累了世事，看淡了人情，那就来到枫桥，乘一叶孤舟，顺水而下，任光阴带走，永不回头。只是，寒山寺那远去的钟声，是否会在梦里，萦回一生？

情缘如幻梦，唯有妙莲花

和诗赠女

青灯一点映窗纱，好读楞严莫忆家。

能了诸缘如幻梦，世间唯有妙莲花。

——宋·王安石

偶然得见一个小莲花形状的香炉，花梨木的材质，十分精致细巧。想象着，点一炉檀香，在一个慵懒的午后读书品茗，或是静坐冥想参禅，也算是人生的一种清宁境界。也许只有在清净时，才可以忘记那个纷扰又深邃的世界，暂时遗忘一切疲惫的感觉。人生是一本需要眉批的书，除了情感，名利和其他都可以变卖。等到有一天弃笔埋名，在月光下卷袖煮茶，看一朵莲花静静开放，便是此生最浪漫的事了。

友发了一句王安石富有禅意的诗："能了诸缘如幻梦，世间唯有妙莲花。"当时心中诧异，这位北宋时期杰出的政治家、改革家，是几时搁下他的公文，翻读起佛经的？再一细想，古来功名，无不是在刀光剑影中暗淡隐去的。一个人在官场上策马扬鞭太久，需要歇息。放马南山，闲钓白云，和三五知己在棋盘上对弈，将帅相逢，不见鲜血，却乐趣无穷。在一个微风细雨的午后，穿戴上蓑衣斗笠，摘几颗青梅，携一壶好酒，借故去深山访僧。都说上了年岁，就是一个被时光遗弃的人，任由你闲散度日，光阴都对你不闻不问。

王安石出生于仕宦之家，其父是宋真宗大中祥符八年（1015）进士，任建安（今福建建瓯）主簿等地方官二十多年，为官清廉，执法严明，为百姓做下许多有益之事。王安石自幼聪颖，读书过目不忘，他从小就随父宦游南北各地，由此增加了社会阅历，目睹老百姓生活的艰辛，对积弱的宋王朝有了一定的认识。青年时期便立下了"矫世变俗之志"，这个志向影响了他一生。后来入朝为官，锐意改革，受宋神宗赏识，升任宰相。然而，他的变法受到大官僚和一些皇亲国戚的反对，他亦两次被罢相，后退隐闲居。

一个看惯了繁华、经历过起落的人，对人生会有更深刻的感想。他曾写："六朝旧事随流水，但寒烟衰草凝绿。至今商女，时时犹唱，后庭遗曲。"所有的繁华都已是往昔，到如今，只能凭高漫谈荣辱。老时，他还感叹："无奈被些名利缚，无奈被他情担阁。可惜风流总闲却。当初漫留华表语，而今误我秦楼约。"可见王安石虽一生被名利捆缚，心中却难忘年少时的一个秦楼之约。只是当他觉出悔意时，一切都已太迟。他将最好的年华，都交付给了名利，忽略了人间情爱。忙碌了一辈子，老的时候才知道，有些时光是用来挥霍的。他想要挥霍之时，光阴已经所剩无几了。

再读那首蕴含禅意的诗，才知道是王安石和诗赠给自己女儿的。书中记载，王安石有女，颇有才情，出嫁后因思念远方亲人，便寄了一首诗给父亲，其中有一句："极目江山千里恨，依前和泪看黄花。"可见她每日在高楼上远眺故乡，一段心伤，堪比黄花瘦。王安石收到爱女的诗，不知如何相劝，便给她寄去一本《楞严新释》，勉励她好好学佛，在精神上求得解脱，在禅佛的境界中悠闲淡定。之后便和了这首诗："青灯一点映窗纱，好读楞严莫忆家。能了诸缘如幻梦，世间唯有妙莲花。"

可见王安石心中亦有禅佛，只是他被碌碌功名所缚，总是不得解脱。他懂得人生之苦，多出自精神上，就连他在政治上的改革变法，亦是如此。心有牵挂，才会被捆绑，时间久了，铁栅门也生了锈。王安石的女儿心念家乡亲人，于感情上受到煎熬，在不能改变的现实中，王安石只能劝她读《楞严经》，让佛教会她平宁安静。之所以让女儿学佛读经，或许是因为王安石在佛经中领悟到难以言说的妙处。

"能了诸缘如幻梦，世间唯有妙莲花。"人间所有的得失，所有的聚散，其实都是一场幻梦，而我们明知道是梦，却依旧在梦里沉迷，不肯醒转。这就是做人的无奈，自己将生命过到不可挽回的境地，似乎说什么都是多余。在不能拯救的命运里，只能在莲花的清净里寻找平和。只有佛，不需要你为过往的时光反悔，他不会计较你的过错，不会将你独自冷落在红尘的旷野。所以才会有莲花彼岸之说，只有彻底走过此岸的人，才能扬帆远行，看似千山万水的距离，其实不过一朝一夕。

王安石不希望自己的女儿沉迷在人间情爱中，哪怕是亲情，亦希望她可以淡然相待。因为在注定的别离里，在不可知的相聚中，任何的痴心都将是无果的幻梦。她对故乡的思念，意味着走向长年的迷途，在迷失的驿站，只有禅才可以给她启发，只有妙莲才可以将她解救。王安石相信，在经卷的清凉中，女儿可以得到前所未有的满足和清心。他在勉励女儿的同时，其实也在勉励自己，希望自己可以从宦海中走出来，捧一本经书，在山清水秀处，结庐而居。

一入官场，起落不能由己，如果人生可以似行云流水，不缓不急，收放自如，行止随意，就不会有那么多无奈和遗憾。王安石不明白自己碌碌一生，奔忙一生，到最后，到底得到些什么，又成就了些什么。一生改革变法，最后却又回到最初，一切都不曾改变。而他赔上了青春，赔上了情感，赔上了心血，心被掏空，却没有换来预想的结局。这一生，就有如导演了一出戏，做了几场主角，又做了几场配角。戏一落幕，故事一结束，锣鼓一收场，说散去就散去，说没了就没了。

记得王安石在《登飞来峰》一诗中写道："不畏浮云遮望眼，自缘身在最高层。"多么放达不羁的思想，仿佛看到一个吐纳烟云的智者，望眼漫漫山河，有种从容不迫的气势。浮云已远去，逝水亦如斯，我相信，写"能了诸缘如幻梦，世间唯有妙莲花"的时候，王安石已经将自己从苦海中解救出来，化烦恼为菩提了。

明月松间照，清泉石上流

山居秋暝

空山新雨后，天气晚来秋。

明月松间照，清泉石上流。

竹喧归浣女，莲动下渔舟。

随意春芳歇，王孙自可留。

——唐·王维

听一首筝曲，似潺潺溪水在山林石涧流淌，此时的我，如临空旷的幽谷，有一个声音低低说道："汝尘缘已尽。"很喜欢尘缘这两个字，罗文有一首歌就叫《尘缘》，唱的是："繁花落尽，一身憔悴在风里，回头时无晴也无雨……任多少深情独向寂

寞，人随风过，自在花开花又落……"一个中年男子，用残余的
热情，唱尽人间况味。就像一枚深秋的红叶，在无人过问的山
头，独自诉说一生的相思。

我真的尘缘已尽吗？不过是听着流淌的筝曲，在一幅意境清
远的山水画里，迷离了思绪。都说山水可以洗心，一个心绪浮躁
的人，伫立在水墨画前，想象自己就漂游在水墨中，时而泛舟烟
波，时而漫步山径，时而攀登险峰，时而静坐长亭……万里河山
任你我畅游，尽管在云林深处，我们不过是一棵草木，一只虫
蚁，可我们甘愿这样谦卑而淡定地存于大自然中。

于是我想起王维的《山居秋暝》："空山新雨后，天气晚来
秋。明月松间照，清泉石上流。"这个被称作"诗中有画，画中
有诗""诗中有禅"的杰出诗人，可以让一个身陷红尘的人，立
刻抽离，随着他的诗淡然入境。王维，字摩诘，人称"诗佛"。
佛教有一本《维摩诘经》，王维自知佛缘甚深，便取字摩诘。他
一生在佛理和山水中寻求寄托，"一悟寂为乐，此生闲有余"。

喜欢王维的诗，是因为他的诗境清冷幽邃，远离尘世，不染
人间烟火，充满禅意。他笔下的山水，已胜过自然的意趣，而进
入一种禅理的境界，这正是王维与其他诗人不同之处。唐朝本就

是一个佛教繁兴的年代，士大夫学佛之风尤盛。许多政治上不如意的文人墨客，一生几度闲隐，在山水间寻求乐趣。一则是避世，再则是文人骨子里都向往宁静淡泊的意境。大自然是人类永恒的知己，一棵树可以和你我相伴到老，一抔黄土是你我最终的归宿。

王维在做官的空余时间里，为修养身心，于蓝田（今陕西西安东南蓝田）辋川修建了一所别墅。宽阔的别墅，有山林溪谷，亭台湖泊，其间散落着若干馆舍。王维在这里和诗友举樽对月，吟诗说禅，过着悠闲自在的生活。后来，李林甫执政，鼎盛的大唐王朝逐渐走向腐朽，心性淡泊的王维为避政治斗争，开始追求闲适的山水田园生活。他在终南山隐居，身为官吏，却全身退隐于林下，一心学佛，为的是看空名利，摆脱世间无名烦恼。

王维这一生过的都是半官半隐的生活，他在晚年更像个僧侣，在红尘中禅定。据《旧唐书》记载："晚年长斋，不衣文彩……在京师日饭十数名僧，以玄谈为乐，斋中无所有，唯茶铛、药臼、经案、绳床而已。退朝之后，焚香独坐，以禅诵为事。"呈现在我们眼前的，是一位风骨清逸的老者，虽没有剃度，不着僧袍，却俨然是一个僧人了。他的山水诗在禅寂的时光里更加淡然，经过了岁月的漂洗，流年的打磨，深沉的世味变得清淡与空灵。

　　每次读王维的诗都感觉，尽管脚下的旅程如风，但是有一段清幽如画的诗韵，永远不会随时间漂走。雨后的清秋，带着薄薄的凉意，一轮新月照在松间，清泉在石上缓缓流淌。而我愿做那竹林归家的浣纱女，看江岸的莲舟，是否载着我外出打鱼的丈夫。山脚下那间简陋的柴房，就是我们清贫的家，炊烟升起的时候，放牧的幼童也吹笛归来。一家人相聚在油灯下，粗茶淡饭，守着简单的温暖。月光落在庭院，山林一切生灵都在寻找属于自己的那份安宁的幸福。任世间万千繁华，都不及山林深处，粗茶淡饭的平凡。

　　王摩诘的诗，就像在月色下泡的一壶茶，清淡甘冽；亦像一幅水墨，宁静幽远。他的诗，空灵中带着一种无言的美，能让读者拒绝纷繁的诱惑，忍受苍茫的孤独。淡泊的情怀，流淌着悠然禅意，一首琴音，一卷诗韵，一点水墨，就可以化解一切苦楚。他会将你从车水马龙的乱流中带走，刹那就能看到山水的明净，与你因缘相会的，始终是一叶菩提。

　　《红楼梦》里林黛玉教香菱写诗，首推工摩诘的诗，再是杜工部和李青莲的。她将自己的《王摩诘全集》借给香菱阅读，可见这位钟灵毓秀的才女喜欢摩诘诗中的意境。大观园里，才情最高的当数宝钗和黛玉，宝钗的诗传统大气，而黛玉的诗缱绻风流。这与她不为传统礼教所缚的性情有关，她喜王维的诗，向往山水的空灵，亦参悟诗中禅意。林黛玉无疑是大观园中最有灵气的女子，所以才会有这么一句写宝玉的"空对着，山中高士晶莹雪；终不忘，世外仙姝寂寞林"。

霓虹闪烁、物欲横流的繁华都市的确是一种诱惑，但是比之清净山林、白云悠远的世外仙源，似乎少了一份天然淳朴的淡雅。禅书上说，心即是佛，佛即是心。王维的诗之所以可以淡如秋菊，是因为他的心已悟出只有自然才是真实与永恒的禅理。一个沉迷于俗世的人，永远无法深刻地体悟禅理的妙趣，他们眼中看到的山水，都是虚幻的假象。

无论是人与人之间的际遇，还是人与风景之间的际遇，都是因缘注定。我们听从命运的安排，将情感交付出来，爱着世间万物，也被世间万物所爱。王维是那个将生命托付给山水禅佛的人，他在空灵的诗韵中，看白云静水、清风朗月。

花雨满天，维摩境界

自咏

白衣居士紫芝仙，半醉行歌半坐禅。

今日维摩兼饮酒，当时绮季不请钱。

等闲池上留宾客，随事灯前有管弦。

但问此身销得否？分司气味不论年。

——唐·白居易

不知道究竟有多少人，问过这么一句话：何谓禅？禅到底是什么？其实禅是一种意境，要凭借个人的灵性和悟性静思。禅宗又分多种派别，不同派别的禅，所参悟的方式不同，其修行的境界也不同。而禅最终的深意，皆是直指人心，见性成佛。禅是烟云雾霭中的一树野茶花，是潺潺泉涧边的一株含羞草，是深山丛林里的一只白狐。禅亦是桌几上摆放的一只旧花瓶，是炊烟人家搁置的一堆柴火，是平淡流年里的一段记忆。

唐朝是一个佛教兴盛的朝代，上自帝王将相，下至平民百姓，都虔诚地朝拜佛祖。无论是都城小镇，还是深山野林，皆可寻访到寺庙。杜牧的"南朝四百八十寺，多少楼台烟雨中"写的就是烟雨江南庙宇重重的景况。在唐代诗坛上，白居易好佛可以与王维并称。王维的诗，皆有佛性，带着一种空灵自然之美，他试图用禅的境界去超越现实，达到心灵澄澈和明净。所以他会避至终南山的竹林焚香独坐，在诗画禅的清宁世界里，忘记人世的喧嚣。而白居易不避世，尽管身处动荡不安的社会环境中，还是在浮沉的官场里寻求出路。他参禅于朝堂上，诗酒中，以及与好友交往的点滴岁月里。

《醉吟先生墓志铭》里有："外以儒行修其身，中以释教治其心，旁以山水风月、歌诗琴酒乐其志。"白居易喜在红尘之内参禅，他把禅融入现实生活中，用平常心习之。他的禅，不是躲到深山老林里，和白云明月做伴，不是罔顾现实，去追寻虚渺的境界。白居易在日常习俗中求得适意、自足、忘情，在寻常的日子里求得心灵宁静，以内心的自我解脱，来化解世间的苦闷。所以他的诗多为感叹时世、反映民间疾苦之作，语言通俗易懂，寓意深刻。

白居易在官场里起落一生，似乎仍乐此不疲。他好诗酒禅琴，亦向往山水自娱的闲适，可从未想过彻底地归隐。而禅佛的意趣也伴随了他一生，无论是在得意或失意之时，都相依相伴。在被贬为江州司马时，白居易曾在庐山东林寺、西林寺之间修草堂，又因仰慕当年慧远与居士刘遗民等结社故事，他亦和东林寺、西林寺的僧侣结社。晚年在洛阳，居龙门香山寺，自称"香山居士"。据说与他交往的僧人有百人以上，他们聚在一起品茶吟诗，参禅悟道。可白居易并不因此沉迷其间，随山僧寂夜坐禅，仍不忘尘俗世事。

在被贬江州的时候，他写过《琵琶行》，将自己的命运和天涯歌女相系在一起："同是天涯沦落人，相逢何必曾相识。"他的《长恨歌》写出唐明皇和杨贵妃的爱情悲剧。一句"天长地久有时尽，此恨绵绵无绝期"，道尽了天人永隔的心酸和遗憾。还有"伐薪烧炭南山中"的卖炭翁，写出了社会底层的一位卖炭翁，尘霜满鬓、贫苦交加的凄凉境况。白居易的禅，是芸芸众生的禅，他不但认为平常心就是佛心，还把平常人等同于佛。

　　这世间原本就是如此，没有谁生来就是佛。你也许是佛祖转世，来到人间偿还一段宿债；或为了却一段尘缘，要经受人世磨难，几番醒转，才能立地成佛。一株草木，一只蚊虫，历经沧海桑田的变迁，亦可以修炼成仙。一切都看机缘与造化，佛门为众生敞开，就等待着有缘人去敲叩。每个人用自己的方式去悟禅，王者在河山间，诗人在诗境中，画者在画意里，樵夫隐者在山水田园。他们所悟出的禅理不同，但都是为了追求超凡脱俗的菩提境界。

　　"白衣居士紫芝仙，半醉行歌半坐禅。今日维摩兼饮酒，当时绮季不请钱。"白居易好饮酒，喜欢在半醉半醒中坐禅。他追求的维摩人生，既要享受人间富贵，又要在宁静中自我超脱。白居易每次喝酒时，都有丝竹清音伴奏，有家童舞伎侍奉，他所邀请举樽共饮的，也皆为社会名流。而另一位嗜酒如命的陶渊明，却显得清苦许多，他隐居田园，与他共饮的只是乡野的农夫、渔夫等朴素的人。白居易漫游山川寺庙，乘车而行，车内放一琴一枕，车两边的竹竿上悬挂两个酒壶，抱琴酌饮，兴尽而返。

　　"绿蚁新醅酒，红泥小火炉。晚来天欲雪，能饮一杯无？"白居易过不了清苦的禅寂生活，他的禅应该是优雅的，带着一种浪漫的贵族气质。我们仿佛看到他在锦殿华屋里，烹茶煮酒，丝竹相伴，他至爱的两个女子，樊素和小蛮在一旁起舞助兴。不禁想起晏几道的词："舞低杨柳楼心月，歌尽桃花扇底风。"仿佛这样的享乐，才是完美至极，诗酒尽欢，才算快意人生。白居易将禅相融到奢华的生活中，亦可以品味出禅的悠然乐趣。晚年，他居住在洛阳香山，樊素和小蛮随那场烂漫的春光一起走远，只给他留下满怀的病愁。失去爱情的白居易，亦不再风花雪月，只在一盏苦涩的酒中醺然微醉，偶入深山和僧者坐禅。

世人心中的禅，多为清淡的苦禅，带着一种萧然遗世的清寂。那些僧者应该是远避尘嚣，在云林深处诵经打坐，参悟佛法，一壶茶、一炉香、一串佛珠，就是生活的全部。而白居易是红尘中的居士，他的禅无须苦寂，他可以在山水闲趣中让心灵清净，亦可以在车水马龙中坐享世间繁华。也许禅在每个人心中，都筑了一间小巢，只为给俗世的你我，遮蔽风雨。它不情深，不缠绵，只在清闲安适的日子里，与我们共度一段岁月，共修一段缘法。

三生缘会，一夕修成

题僧壁

舍生求道有前踪，乞脑剜身结愿重。

大去便应欺粟颗，小来兼可隐针锋。

蚌胎未满思新桂，琥珀初成忆旧松。

若信贝多真实语，三生同听一楼钟。

——唐·李商隐

　　我们应当相信，每个人活着，心灵都要有所依托，否则人生将索然无味。有人喜静，将心灵托付给明月静水；有人喜闹，将心灵放逐至清风海浪；有人情深，将一生都沉浸在情爱里，为不能掌控的聚散，暗自神伤；有人情浅，游走在红尘的风景里，永远都那么风轻云淡。释、道、儒都是人生信仰，每个人亦可以由着自己的喜好，去结缘。

每当下雨的夜晚，我总会想起李商隐的那句诗："何当共剪西窗烛，却话巴山夜雨时。"像是一场秋天里浪漫又伤感的情事，在夜雨的迷蒙中，期待有那么一天，可以携手共剪西窗红烛。又或者焚香抚弦时，会记起那一句："锦瑟无端五十弦，一弦一柱思华年。"仿佛倾注了无限的情思在琴弦上，逝去的华年，在记忆中回旋。在我印象里，李商隐是写《无题》的爱情诗人，连同他的《燕四首》《锦瑟》都成为后人用心捧读的篇章。是他将晚唐逐渐没落的诗歌再一次推向了高峰，他与杜牧齐名，并称"小李杜"，与温庭筠合称"温李"。

偶然读到李商隐一首参禅的诗，不禁想问，情思婉转的李商隐，几时放下了缠绵情意，回归清净的心田，和高僧一起参禅悟道了？心似莲花，一个人向往清净，就会渐渐地抑制住妄念与空想，不被欲望所支配。世间万物皆有佛性，只是隐藏得很深，倘若不去发觉，可能会封存一生。作为一个诗人，他的灵性与悟性自是比寻常人要高，李商隐的情诗，亦隐含着禅意。在唐代，比起王维、白居易、刘禹锡等诗人，他并不是一个与禅深深相系的人，可他与佛亦结下不解的缘分。

禅有如黑夜里点燃的一盏灯，有如风雪之地生起的一盆炉火，有如茫茫沙漠里出现的一方水域。它像是一艘在红尘中平静航行的法船，载着需要拯救的芸芸众生，一路普度前行。陷入情网的李商隐，抑或沉没在宦海的李商隐，都需要坐上这艘法船，远离纷争，减轻苦闷。他一生为情所困，为名所缚，郁郁不得志，潦倒终生。虽以高才写出锦绣诗篇，却不能与至爱相依相伴，同样要尝尽聚散悲欢。虽有济世之心，却被牵累在政治旋涡里，不得解脱。

诗可以诉尽衷肠，亦会令他情思沉陷。李商隐要做的是一朵红尘中的莲花，可以自由开放，不惧淤泥，无牵无挂，做一个自性清净的人。禅可以教会一个人如何回到自己心灵的居处，在那里听闻鸟语花香，沐浴阳光雨露。生命如同灯焰，终有一天会在闪闪灭灭中暗淡老去。禅心却如同流水，任凭昼夜不停地流淌，亦不会干涸。你愿意做灯芯，在寂灭中孤独死去，还是愿意做落叶，在流水中旋转重生？

"舍生求道有前踪，乞脑剜身结愿重。"原来佛法在他心中，已经占据了如此重要的位置。他深知红尘潮起潮落，只有菩提境界，才可以寻觅真正的安宁。人生就像一面镜子，将欲望之心投影于黑暗，将清宁之心照彻于光明。尽管如此，李商隐还是会为一段没有结局的爱恋，执迷不悔；为一个虚无的官职，求索不休。他做不到彻底抛弃一切，在求佛的路上，矢志不渝。我们无法去怨怪李商隐的软弱，人在江湖，身不由己。这湖被风浪搅得浑浊的水，非要一个修炼多年的高僧，用心灵来净化，才可以煮茶饮用。

蚌未成珠已思月圆，琥珀融成转思前梦。万物都是如此，在今生思及来世，且忆着前世。前世、今生、来世，其实都只是刹那轮回。当一个人沉沦在世间物象中太久，静听梵音，会觉得有如醍醐灌顶。寂夜里悠远虚缈的钟声，唤醒梦中之人，三生缘会，一夕修成。这就是佛祖的无边法力，可以让一个罪恶之人，在菩提树下，一夜之间脱胎换骨。一个迷途走失的人，坐在蒲团之上，转瞬回到清醒。让一粒沙，成就一个世界；一朵花，创造整个天堂。

世间的因缘际遇深不可测，我们不知从前世哪个喧闹的城，迁徙到今生这个陌生之都。不是赶赴红尘，洪水里来，烈火中去，非要将你伤得血肉模糊，才算是走过劫数。佛是慈悲的人，虽亦有宿命之说，在行走的过程中，却可以将前尘旧事冰消瓦解。

　　禅是清净，不是死寂；禅是修心，不是无情；禅是担当，不是避世。这秋深之日，大雁离开温暖的巢穴，却并无丝毫感伤；落叶离开筑梦的枝头，却依旧淡定从容；莲萎落在淤泥之中，却依旧洁净如初。也许我们应该为一只南飞的大雁，痴守在老旧的楼台，尽管它不是为你我而飞翔；也许我们应该为一枚落叶，停下匆匆行走的步履，尽管它不是为你我而凋零；也许我们应该为一朵莲，洗净浊世里浮躁的心，尽管它不是为你我而美丽。

　　读李商隐参禅的诗，仿佛在他的宿命里，看见自己人生中许多需要沉思和感悟的哲理。尽管无法背弃的宿命，会演绎出无法预料的结局。我们无法用平凡与之抗争，任凭故事百转千回，终有一天，我们可以从浪涛中平静地走出来。

世间忧喜无定，
释氏销磨有因

秋斋独坐寄乐天兼呈吴方之大夫

空斋寂寂不生尘，药物方书绕病身。

纤草数茎胜静地，幽禽忽至似佳宾。

世间忧喜虽无定，释氏销磨尽有因。

同向洛阳闲度日，莫教风景属他人。

——唐·刘禹锡

深秋的清晨，念及南禅寺的悠悠钟声，便漫步前往。去南禅寺，需途经一条古旧的青石小巷。因为古旧，小巷里居住的都是些老人，年轻人早已迁徙到高耸的大楼里。每次经过，都看见这些老人搬着竹椅坐在门口，老头聚在一处下棋喝茶，老妪聚坐一

起择菜闲聊。青砖黛瓦禁不起岁月的侵蚀，日渐斑驳，亦长出葱
郁的草木。走进小巷，有如走进江南一场沉睡的旧梦中，我却不
是一个可以唤醒过往的人。只是一个过客，轻轻撩起小巷的一角
记忆，巷内的人被封存在故事里，我永远是那个翻读别人故事
的人。

这时候，你是否同我一样，想起刘禹锡《乌衣巷》里的一句
诗："旧时王谢堂前燕，飞入寻常百姓家。"这不是乌衣巷，却
有着与乌衣巷一样的历史浮沉。在江南，有许多乌衣巷，历代富
商世族，在深巷里建筑庭院，完美的石雕、木雕，尽显贵族的繁
华和气派。曾几何时，旧物早已易了新主，那些富极一时的大家
族，已成了寻常的百姓人家。一梦千年，所有的荣华都会被时间
洗刷俱净，只留下寂寞的老宅，守候在小巷，发出无言的叹息。
而我们神思魂往的乌衣巷，可以寻觅的又还有些什么？

喜欢听寺院的钟声，是因为悠悠禅钟，会拂醒许多模糊的记
忆，让怅惘的心灵，渐渐归于沉静。我自问是个安静的人，有一
颗安静的心，可亦常常会被莫名的俗事缠绕。虽不信佛，却习惯
在禅林寺院，沾染一些佛性。可任何时候，又都会觉得自己是佛
门的异客，纵使有一颗禅心，也依旧只能站在梦的边缘眺望。生
怕任何痴迷的举动，会让佛祖误会，从此与红尘绝缘。每一次都

是匆匆丢下浮躁，带走一片钟声，一缕香雾，一枚落叶，回到俗世，慢慢地咀嚼回味。

说到刘禹锡，便想起这位诗人所结下的佛缘。这个有"诗豪"之称的唐朝诗人，出生在一个世代以儒学相传的书香门第。他在政治上主张革新，虽被贬谪，却没有沉沦，而是在苦闷中保持积极乐观。他的诗受唐代著名禅僧皎然和诗僧灵澈的影响，写山水静谧空灵，写民歌率直自然。他的诗简练流畅，富有含蓄深沉的内涵，达到开阔疏朗的境界。刘禹锡深信佛教，得其中三昧，他说过，写诗的人应该"片言可以明百意，坐驰可以役万景"。

最喜他写的一句禅诗："世间忧喜虽无定，释氏销磨尽有因。"纷乱的人世间，太多无定的变数，就算我们会占卜算卦，亦无法真正预测悲喜结局。谁也不知道，哪一天会有意外降临在自己身上，在漫长的人生里，我们唯一可以做的，就是努力过好每一天。纵然现在不幸福，也要积极进取。而佛家信因果，认为所有的事，都有因果轮回。你现在所做的，在不远的将来会有所应。所以信佛者，多保持一颗慈悲洁净的心，在灾难与劫数面前，他们可以保持常人所不能保持的平静。

在刘禹锡谪居的年月里，心中亦饱尝苦闷。或许是早年常拜访皎然和灵澈两位高僧，才使他的灵魂始终清澈明朗。尘世许多纷乱的光芒，总是会刺痛一颗易感的心，倘若不为自己寻找一份清凉的寄托，则难免陷入浮躁中，不能释怀。不是拥有了权贵，心中就一定充实，世间许多华丽的装饰，都是一种假象，都是用来蒙蔽众生的心的。禁不起诱惑的人，时常会走入迷途，茫然地追求一个结果，当然，答案必然是错误的。

禅在每个人心中占据的分量不同，各人所理解的含义也不同。禅在刘禹锡的心里是清灵的，每当失意之时，他就会想起高僧的淡然超脱，而他亦会在污浊的世事中追寻高雅。《陋室铭》流露出其安贫乐道的隐逸情趣。在苔藓攀缘的陋室，没有华丽的装饰，只有葱郁的青草和几竿修竹。居住在陋室的人，弹着古旧的七弦琴，阅读佛经。远离纷欲，在清贫中知遇简单的幸福，过往微不足道的起落，都散作烟尘吧。如果可以，就在这间陋室里，和旧物相处，四季掠过，转眼就地老天荒。

都说一个坐禅的人，入了虚境，会忘记时光。不知饥饿，不知冷暖，没有悲喜，没有杂念，他们会忘了自己从何而来，甚至与自己相关的一切都可以忘记。思绪里只有菩提禅境，只觉自己静坐在云端，心中一片悠然与空茫。许多和尚坐禅几十天，只饮少量的水，穿薄衣坐在雪地里，即使周围的雪融化，他们依旧安然禅定。而高僧达到的最高境界，就是坐化涅槃，他们的肉身不会腐坏，与天地恒长。我们每日苦苦追寻的物事，对他们来说，都是虚空。曾经向生活讨过多少，离开的时候都要双手归还一切。

这就是所谓的债，欠下的，就要归还。记得刘禹锡写的一句诗："人世几回伤往事，山形依旧枕寒流。"千帆早已过尽，岁月依旧如流，人生再多沧桑的往事，比起亘古不变的大自然，都是过眼云烟，稍纵即逝。与其碌碌地追求浮华的名利，不若在陋室里读经参禅，只当是一个风尘满面的人，终于找到一家可以遮风避雨的客栈。倘若还要远行，也请喝一碗热茶，焐暖了身子，再出发，这样才不怕红尘的风刀霜剑。佛祖对每一个生命都含着悲悯，你哭泣的时候、悲伤的时候，都有一双眼睛看着。

想起刘禹锡的字，梦得。或许他也是一个爱做梦的人，只是他梦得清醒。如果可以，就让我寻一间陋室，关上这扇深秋的窗子，做一场禅梦。在梦里，他无须知道我是谁，而我只对他吟一句："世间忧喜虽无定，释氏销磨尽有因。"

庐山，一场云林雾海的梦

题西林壁

横看成岭侧成峰，远近高低各不同。

不识庐山真面目，只缘身在此山中。

——宋·苏轼

　　十年，我喜欢这两个字，意味着一切都远去，一切都不复重来。时光给我剩余的，就只是回忆，十年风雨，十年心事，再回首过往，还是会被记忆的碎片划伤。十年前，我为了追慕一轴山水，去了奇秀甲天下的庐山。其实我在那里并没有与谁结缘，只是山峦深处的烟云险峰真的令我难忘，还有三叠泉下那场流水的放逐，让我从此对水的眷念至死不渝。十年，庐山的苍松云雾没

126

有丝毫的改变，而曾经那个身着一袭白裙的女孩，青春容颜已不再。

当年苏轼在庐山脚下的西林寺墙壁上，题下了千古名句："不识庐山真面目，只缘身在此山中。"这带着哲思与禅理的诗句，似乎总藏着一个不能破解的玄机。仿佛走进庐山，就如同走进一段梦幻的云烟，我们看到的只是庐山的一峰一岭一丘一壑，却永远不能辨认庐山的真实面目。因为站在不同的角度去看峰峦丘壑，呈现在眼前的都是不同的姿态。一棵松，一片云，一座山峰，在每个人的眼里，都可以构思出一幅画。大自然蕴含了无穷的变化，我们每天都在前所未有的景象中，过着平淡的日子。

我去庐山，依靠的都是脚力，翻越了五六座山峦，才抵达它的边缘。下山亦是如此，漫长的石阶仿佛没有边际，直到将我最后一丝意志消磨殆尽，才重返滚滚红尘。都说十年修得同船渡，在三叠泉的瀑布下，遇见了一个船夫，如果说这也是一段缘的话，那我到老都不会忘记。友说："渺渺尘世，芸芸众生，相见便是有缘，同渡更是难得。佛家信缘，也教人惜缘。"不知什么时候，我们都相信了宿命，凡事爱去追究因果，那是因为经历了太多的重逢和离散，我们都不敢轻易地付出和拥有。

当年我去庐山脚下的东林寺，与白莲许过一段盟约。而与东林寺只有一路之隔的西林寺，却不曾拜访。一次错过，或许就是一生，没有遗憾，却总觉得少了些什么。如今再读苏轼的《题西林壁》，脑中却浮现出西林寺与我只有一面之缘的塔。不知道西林寺的墙壁上，是否留存了苏子的墨迹。当年苏轼由黄州贬赴汝州任团练副使时经过九江，游览庐山，瑰丽的山水触动了他疏旷的诗情，他写下若干首庐山记游诗。唯独这首《题西林壁》，用平实的语言，深入浅出地表达了深刻的哲理，让读过的人倍感亲切自然。

千姿百态的庐山风景，只在一首简单的诗中，便得到至美的表达。我们就是那山中的人，在缭绕的云雾中，尽力看清草木的容颜、岩石的风骨，追寻一种生命的真意。苏轼的诗，言浅意深，因物寓理，寄至味于淡泊。他写诗全无雕琢习气，总是用质朴无华、流畅生动的语言表达出清新豁达的意境。他的诗词，一如他宽若大海的襟怀，崇尚自然，摆脱束缚。苏轼的词超越了描写男女恋情、离愁别绪的狭窄。他的豪迈，不是铿锵坚决，而是俊逸洒脱。

这一切，都因了他和禅佛结缘，一个参禅悟道的人，心性难免圆通自在。寂寞时可以开花，错过了可以重来，暗淡后可以惊艳。所以苏轼一生经历宦海浮沉，多次遭贬，却依旧能够做到明净豁达。他早已习惯了人世的磨砺，视这些为旅程中不可缺少的风景。一路游走，在不同地域留下许多风流痕迹，多少人在他笔墨下徜徉，只为沾染一些清俊风骨和悠然淡定。他在镇江金山寺与一个叫佛印的和尚极为要好，常常聚在一起品茶吟诗，在杭州亦和许多西湖寺僧交游，共参禅理。

苏轼的佛缘不仅在诗词中呈现，就连他至爱的红颜知己王朝云，亦被其称为"天女维摩"。这个比他小了二十余岁的绝代佳人，在他最落魄的时候，不离不弃。王朝云死后，苏轼将她葬在惠州西湖孤山南麓栖禅寺大圣塔下的松林之中，在墓边筑六如亭，并写下对联："不合时宜，唯有朝云能识我；独弹古调，每逢暮雨倍思卿。"他们之间的因果，或许也是一段禅缘，虽说在一起过着平凡的生活，可是诗书情禅一直相伴。这个天女维摩王朝云，是为了还一段情债而来，所以才会为苏轼痴守在人间。待到情缘尽去，任凭苏轼如何挽留，也寻觅不到她的一点气息。

时光流走，如此决绝，也许在我们没有留意的时候，它已经

告别过了。盘点十年岁月，究竟哪个人，哪片风景，在心底留下
深刻的一笔。多少因缘际会到底还是擦肩而过，重整那段破碎记
忆，记起的不过是春去秋来。以为漫长得恍如隔世，其实不过走
了短短几丈，匆匆老去的从来都不是风景，而是离人。曾经把青
春当作金钱来挥霍，后来才明白，千金散尽还复来，青春却是一
去不复返。留住的那一点念想，也被流光磨得薄淡，终有一天会
形影全无。

我与庐山，此生不知是否还有缘相见，曾经那个淡如浮云
的约誓，已随清风飘散。就像苏轼，他与庐山那一别，亦是永
远，此后人世浮沉、流离失散，就算佛缘深刻，也是枉然。我
和苏轼一样，到底没有看清庐山真实的容颜，只在云林雾海中
做了一场梦。梦里自己的人生我可以做主，想要导演一出完美
的戏，只是戏没开始，梦就醒了。都说性情中人爱做梦，只是
沉在梦里再久，也会有清醒的一天。如同别离，我们用整颗心来
珍惜时光，时光还是要将你我抛弃，在无处安置的时候，各奔
天涯。

我早已在佛前承认了自己的懦弱，所以我不想风波四起，唯
愿相安无事。就算心中有不可遏制的执念，也要让自己朝着安定
的方向前行。且将一切都看作阳光雨露下疯长的野草，春天里再

多葱郁，秋来自会枯黄。其实出世并不难，是我们把自己看得太重要了。只要我们长久不说话，这个世界就会有人以为你已不存在。禅定的时候，可以做到连自己都忘记，又何必勉强别人非要记住自己？不禁低眉一笑，相逢刹那，离别刹那，在尘世中栖息，无须把一切都看得真切。

第四卷 ◎ 红尘道场

——世间所有相遇——都是久别重逢——

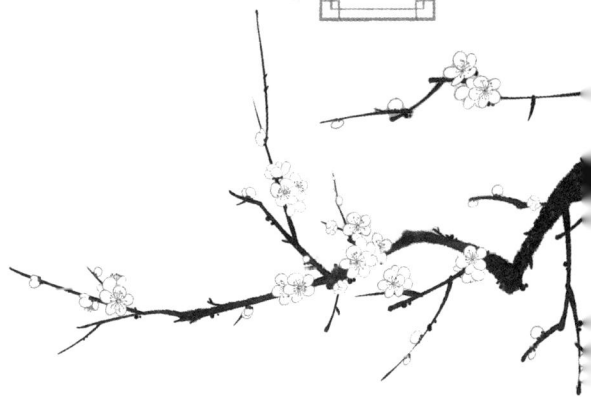

误入桃源，忘却人间万种心

白云庄

门外仙庄近翠岑，杖藜时得去幽寻。

牛羊数点烟云远，鸡犬一声桑柘深。

高下闲田如布局，东西流水若鸣琴。

更听野老谈农事，忘却人间万种心。

——宋·石佛显忠

相信所有读过《桃花源记》的人，都向往那落在云烟之境的世外仙源。在那里，没有人世纷争，无须在意时光流逝，就连生老病死，都是上苍对大家的仁慈。听说这世间有缘之人，才可以借流水孤舟，来到避秦乱的村庄。然而你只能远观，因为村庄的人都镶嵌在画境里，生活在梦中。他们并不知道，这个世界早已经历了沧海桑田的变迁，只是一代又一代的人，在质朴的乡村，恬淡而满足地活下去。

之所以向往那个也避春风也避秦的桃源，是因为现世的生活，就像一个刽子手，总在毫无防备的情况下，残忍地宰割我们。茫然失措时，刀刃上已经沾染了斑斑血迹，想要去向时光讨一个说法，可是又能怎样？日子过得愈久，受的伤害愈重。只是生命里，总会有自己钟情的一日，有些人把这一日撕下来，装进行囊，伴随自己走遍海角天涯。每个人从生下来，就开始漂泊，而漂泊是为了寻到梦里的桃源，在一个远离伤害的地方，淡然而慈悲地活着。

直到读了宋朝高僧石佛显忠的禅诗，一首《白云庄》朴素天然，让人在宋代的炊烟中忘却人间万种心情。恍然间似乎明白，原来我们一直追求的高深禅意，只在质朴的农事间、在茅舍篱笆内、在鸡犬相闻中、在桑麻田埂下。而禅，如同山间的茉莉、荒径的野菊，清淡得没有一点色彩。就像一个享受过繁华的人，懂得此间真淳的意趣；一个品尝过沧桑世味的人，只想喝一碗飘着山茶花的水；一个看惯了刀光剑影的人，只想枕着涛声，听一夜渔樵冷暖的闲话。

真正的开悟，是不再端坐蒲团探寻禅理，不再设法得知玄机。或许有这么两个僧者，同一天皈依佛门，一位已经彻悟，一位还不曾入境。就像一树梅花，南枝早已次第开放，北枝还没有抽芽。我们总是喜欢设下陷阱，在林花落去的时候，等待重逢。岂不知，会有迟来的相遇，被夹进昨日的书笺里，短暂的瞬间，就已是隔世。人生有太多的意外，我们都不能阻止，因为我们太卑微。在不能预测明天的时候，不如淡定心弦，于桃源里，饮食烟火，了悟禅意。洁净的云彩飞去，而我们还在白云庄里，为一只牛羊驻足，为一声鸡犬沉迷。

向往繁华的人，梦想成真后，心中会是无边的落寞。而向往淳朴的人，心想事成时，却会得到一种惬意的满足。在逼仄的俗世中、寂寞的流年里，没有人会拒绝无争的桃源。自古以来，避隐山林的人，并不全是郁郁不得志的儒生雅士。亦有许多尝尽世味的人，遍赏世间繁华，只想寻找一段淡泊时光，度完余下的日子。浮华的世态，只会将一颗心，涂染得色彩缤纷，失去往日纯净的姿态。而素朴的农庄，却可以褪去人世所有瑰丽的颜色，在一杯白开水里，享受简单的幸福。

回到宋朝的一缕炊烟里，俨然看见一位诗僧，竹杖芒鞋，在青翠的山岭间寻幽访胜。一路上，牛羊或聚或散地放逐在田野间，桑林深处，隐约听得到鸡犬声。高低的田畴，有如布下的棋局，简洁中带着不为人知的深意。潺潺溪流恰似人间仙乐，滚滚沧浪总是带给心灵太多的破碎，我们都需要细水长流的温暖。而这位隐居禅林的高僧，亦被这农家恬适的田园风光所感染，在老农畅谈农事的乐趣中，忘却了世间种种忧烦。

这是禅，与乡村生活息息相关的禅，在一花一草间，在一山一水中。因为简单，所以洁净；因为清淡，所以慈悲；因为宁静，所以珍贵。多少功名都化作了白纸，多少往事皆分付了秋红。就连寺院的钟鼓、经卷、青灯都不及田园的草木有禅意。而这一切，只在于看风景的人的心境。一个跋涉多年的人，始终会眷念乡野素朴的风情。这缕农舍的炊烟，印证一无所有的清白，踏过小桥流水，方能显露出一颗从容淡泊的心。这梦里的桃源，还有谁在忧愁明日的饭食该去哪里寻找，又有谁在忧愁褴褛的衣裳无处补缀？岂不知，挽一朵浪花，就可以填满所有的虚空；扯一片白云，就可以裹住所有的心事。

安心做一个樵夫，在深山峭壁独自往来；做一个渔人，在瘦水码头捕鱼撒网；做一个农妇，在茅屋小院静守炊烟；做一个牧童，在石桥柳畔笛声悠扬。忆起儿时在一户农家的老橱柜上，看到的四季诗，字迹朴实简单，由传统民间艺人雕刻而成。"春游

芳草地，夏赏绿荷池。秋饮黄花酒，冬吟白雪诗。"这般简洁，
一如白话，却让我对烟火村庄生出无限幻想。如今却又在这首诗
中，领悟到一点禅意，因为禅早已融入春花秋月间。也许显忠法
师明白，彻悟并非是用一生的时光静坐枯禅。看雪夜里，几位乡
野老农剪烛煮酒，聊话古今，畅谈丰年，就是最深刻的禅理。

据说，王安石十分喜爱显忠禅师的闲居诗，不仅书于墙壁
上，还常常吟诵不绝。作为北宋一位著名的政治家、思想家，他
亦向往恬静悠然的田园生活。倘若是一个寻常的无名客所写的田
园诗，或许字里行间会少几许空灵的禅意。而只有流淌在一位高
僧的笔下，才会如此颖悟超然。那是因为禅师用一生的回首，抵
达了生命某种终极的境界。如今想来，他也只是在某个无意的日
子里，手持禅杖，在山间往来，误入了世外桃源，做了一场宛若
南柯的好梦。

无论是走进桃源，过淡泊质朴的生活，还是苦心参禅，远赴
莲花彼岸，都只是为了忘却世间万般纷扰，让心灵似云水般洁净
无尘。一潭静水、一朵白云、一声蝉鸣、一个背影，在云林深
处，烟火人间，皆隐藏着淡淡的禅机。

一段风流事，佳人独自知

金鸭香销锦绣帏，笙歌丛里醉扶归。

少年一段风流事，只许佳人独自知。

——宋·佛果圆悟

午睡醒来，已到了黄昏，窗外还下着秋雨。做了梦，梦里一片荒寒，就像这漫长的秋日，虽有尽头，却总是撩人心绪。想起友前几日说的一句话："秋日的情劫。"是啊，秋天就像一把经霜的利剑，多少人都逃不过它的刺伤。也许每个人都该有一座筑梦的小巢，避免在这个零落的季节里流离失所。可许多人，注定要失去，就像流水挽不回落花，阳光留不住白雪。不知在哪儿听过一句很美丽的话：就算我把自己弄丢，也不会丢了你。这像诺言一样的句子，虽不是某个人对我诉说，却温暖了我的心灵。

在注定失去的故事里，我们所能做的，只是留存一点美好。用一颗柔软的心，拾起一枚落叶，夹在一本青春的诗集里。或在某个落着烟雨的黄昏，撑一把油纸伞，徜徉在青石小巷。或在一个秋深的午后，沉醉于枫林阵里，找寻一段宋词的记忆。待到老去，回首这些如烟往事，除却遗憾的叹息，又是否还有一丝忧伤的甜蜜？我们总喜欢在心里造一个美好的梦，那是因为现实有太多的残忍，让你我不敢轻易触碰心口的伤。一个人的时候，会在寂夜里买醉，只为了年少时一段不可挽回的情事。

泡一杯茉莉花茶，不饮，静静地感受杯中氤氲的雾气。隔帘听雨，一声声从瓦檐滴落，溅在光滑的石子上，打磨得没有一丝棱角，就连青苔也没有机会攀上去。都说水滴石穿，只是又有多少人，等得起这个漫长的过程。人和人之间相处的长短，在于缘分的深浅，情淡爱薄之时，多深刻的诺言也会破灭。那时候，还有谁会陪着谁，在寒夜里促膝长谈，谈过眼云烟的情感，谈渐行渐远的繁华，谈彼此第一次为爱落下的泪滴。而后再度分别，各自仓促地走完人生逼仄的甬道，你有你的港湾，我有我的归宿。

忆起宋代一位高僧的禅诗："金鸭香销锦绣帏，笙歌丛里醉扶归。少年一段风流事，只许佳人独自知。"仿佛过往的惊涛，现实的骇浪，总是会将一颗坚定的心淹没。这是一位叫佛果圆悟的高僧所作的开悟诗，参透一段情事，只有个中人，方知个中味，任由旁人如何劝解，也无法悟出其间滋味。一段少年风流韵事，只有那个与自己发生过爱情的佳人所知，彼此心心相印，又怎可与外人道哉？

据说佛果禅师写这首开悟诗，还有一段有趣的由来。佛果圆悟的师父五祖法演曾提起一首诗："一段风光画不成，洞房深处托深情。频呼小玉元无事，只要檀郎认得声。"佛果禅师听了，若有所悟，于是向师父求证。法演知他开悟的机缘已经成熟，遂大喝一声："如何是祖师西来意？庭前柏树子？"佛果禅师豁然开解，走至室外，见一只公鸡飞上栏杆，正鼓翅引颈高啼，不禁说道："此岂不是声？"于是便将开悟心得写成了偈颂，呈给五祖法演。

佛果圆悟，宋代临济宗杨岐派著名高僧，俗姓骆，字无著，彭州崇宁（今四川郫都区、彭州一带）人。一生先后住持于成都昭觉寺、夹山灵泉禅院、金陵蒋山、天宁万寿寺、镇江金山寺等国内著名道场，弟子满天下。在我看来，佛果禅师的开悟诗，就像是历了场风花雪月的情事。只是不知道怎样的佳人，才可以让僧者动凡心；什么样的情感，才可以让高僧坐禅不忘。一直以来，以为遁入空门的僧者，会将过往的一切删去，曾经发生过的故事，成为人生书册里缺页的记忆。读过开悟诗才明白，一个心性温和的人，其实比寻常人更加清心。任何的舍弃和忘记，都是执念，万法随缘，来去由心，才是清净禅。

世人总是喜欢在闲寂时去翻读别人的故事，喜欢用不同凡响的情感，盖过那些平淡的日子。沉浸在一段故事里，像是走进一个朦胧的梦境，悲伤于别人的悲伤，感动于别人的感动。所以，我们常常会为某个电视剧感动得热泪盈眶，为某本书中的人物茶饭不思，甚至为一首曲子而肝肠寸断。而一切皆缘于背后那些感人肺腑的情事，这些情，可以给老去的年华添上清新的绿意，给凉薄的人生以温暖的抚慰，给萎靡的灵魂带来鲜活的动力。

情感就像一杯茶，有不同的泡法和品法，有人喜欢清香甘醇，有人喜欢苦涩浓郁。情感也像一出戏，不同的人有不同的编排，有人偏爱喜剧的圆满，有人痴迷于悲剧的残缺。或许每个人都知道，一个皈依佛门的人，都应该了断红尘的孽缘情债。为了静心修禅，应当摒弃所有的痴欲，然而事与愿违，因为不能，所以更加渴望。一个俗世中的人，为了爱，欲生欲死，犯下多少不可弥补的错误，在普通人眼中，皆寻常不过。可一个槛内的僧人，若为某个女子动了凡心，结了情缘，则成了大家谈论的话题。

苏曼殊一句"恨不相逢未剃时"，令多少人为之惋惜。仓央嘉措一句"不负如来不负卿"，柔肠百转，打动了多少人心。倘若这些情感，放在一个凡夫俗子的身上，纵然他爱得刻骨铭心，也不至于令世人如此念念不忘。因为他们是不能为尘缘所动的僧人，所以他们要比寻常人爱得辛苦，爱得悲凉。修行虽好，可以淡泊世情，远离纷扰，但少了世间的男欢女爱，亦是人生莫大的缺憾。所以无论你是身处世内还是世外，都会有不可解脱的束缚。虽说得失随缘，可情感就如同命运种下的蛊，扎进每个人的体内，追随你我一生一世。

悲悯的佛为众生解去了苦难，却留下情果自尝。拯救一个人，必定要先爱上一个人。真的淡定，真的开悟，就将往事蕴藏在心中。当我们老到白发苍苍的时候，一定会有一个人，走出来和你一起，认领年轻时一段刻骨的情感。

烟雨洗楼台，
红尘是道场

白云相送出山来，满眼红尘拨不开。

莫谓城中无好事，一尘一刹一楼台。

——宋·五祖法演

　　在一个莲荷还没落尽的日子，我去了惠山寺。这一处西竺留痕，成了我此生的心结，想要解开，已是不能。每每被尘事所累，就想来此，捡一枚银杏，坐在石阶上，听缥缈的梵音。初秋的惠山，峰峦叠嶂，青翠的山林，已有了些许红叶黄边点缀，更添禅意。千年古刹，青瓦黄墙，几角飞檐，如入廓然之境。那些蜗居在内心的卑微尘念，此刻不再苟延残喘，也一心观景，静悟菩提。

　　惠山实在是一个修行的好去处，居繁华都市，却被群山环绕。流水曲径，亭台楼阁，苍松古杏，可以俯瞰烟火人间，又能坐看古刹云中起。在这里，山河大地、草木丛林皆是佛，尘世间所有的伤害、烦恼，都微不足道。多少人，攀登古迹名山，可隐在峰林之中，只是一只虫一只蚁。多少人，泛舟浩渺太湖，可漂浮在云水中，只是一颗水滴。王谢堂前燕犹在，帝王将相已作古，沧桑世事，谁主沉浮？人的生命，与自然万物相比，真是渺若微尘。

　　经过寺庙的长廊，一首佛诗落入眼帘，顿觉拨云见日，心中澄明。"白云相送出山来，满眼红尘拨不开。莫谓城中无好事，一尘一刹一楼台。"读完此诗，自觉方才所有的感悟，都是那么浅薄。为避红尘万丈，我追寻惠山这剪玄色时光，拨开满眼尘埃和拥挤的人流，才到了这片净土。始终觉得，这儿有一盏莲灯，独自为我点亮。在我迷惘之时、无助之时，它会支撑着我，继续走完该走的路。其实我知道，寺庙于我，只是生命中的驿馆，我离灵山，还有一段需跋山涉水的遥远路途。尘缘未尽，责任在身，宿命难为，又岂敢一刀两断，决然逃离？

　　写下这首诗的，是五祖法演。北宋临济宗杨岐派僧，绵州巴西（今四川绵阳）人，俗姓邓，三十五岁正式出家，游学成都。

他佛缘甚深，了然彻悟，写下的佛诗和偈语，都别开生面，有禅宗风范。初住四面山，后还迁白云山，晚年曾住太平山，更迁蕲州（今湖北蕲春南）五祖山东禅寺。徽宗崇宁三年六月二十五日上堂辞众，净发澡身而示寂，世寿八十余。世称"五祖法演"。如此简洁的历程，仿佛一笔一画，都参有禅意。

从古至今，成千上万的红尘俗子，为了躲避世俗，走进深山，有的选择出家，有的为求净心。法演禅师凭借他清远的悟性，深入拨不开的尘埃之中。万丈红尘化作菩提道场，人生百态成为五蕴皆空。在他眼里，凡界为佛果，秽土即净土。一颗洁净的心，处喧嚣闹市，亦不蒙半点尘埃。就如同出世的莲花，长在淤泥中，依旧端雅天然。倘若你身处寂静山林，心中不忘人间世事，山中也喧闹无比。如果你身处嘈杂红尘，心念梵音，凡尘亦是清凉宁静。

在法演禅师的心中，尘世就是净土，凡间就是古刹，亦是他修行的法场、成道的楼台。所谓心闲到处闲，心静到处静，不拘泥于城市和溪山，不关乎繁华和寂寥。他可以沧海桑田不问春秋，亦可以石烂松枯不记年岁。这样的境界，也许我们都懂得，但要悟透，实属不易。我们的心，就像一艘船，解开了绳缆，卷入滚滚尘浪中，已经沉得太深，走得太远。想要唤回，又岂是一

朝一夕可以做到？都说开始的时候，就能够预知结局，可是往往
最终结局还是会出乎你的意料。我们无法得知，此番放逐收获的
是圆满幸福，还是空留遗恨。但只要我们心中有了佛，就不会让
自己走得太远，走到不能挽回、不可收拾的境地。

对一个寻常的人来说，禅佛迷离又虚幻，但是被千丝万缕的
情感牵绊，那份空灵又成了此生的向往。时光的风，会随意念，
倒向流淌。物欲横流的红尘，到了追求返璞归真的时代。也许我
们并没有一颗佛心，领悟不到更深的境界，但我们可以做一个尘
世中平凡的人，拥有简单的幸福。在朴素人家，袅袅炊烟里，同
样也可以参禅、修心。

如今许多人，为了追求内心的安静，喜欢背着行囊，将自己
遣送到深山老林。仿佛越是偏远，越是人迹罕至的地方，就越令
人神往。在红尘渡口，撑 支竹篙，独上兰舟，漂流在万水千山
中。只想寻找一片世外桃源，住上茅屋，吃上野菜。每天就俯瞰
青山绿水，梦里云烟，有时真的忘记自己来自何处，忘记了锦瑟
流年。

盖一间茅屋，在杨柳溪水边，在油菜花开的地方，日出而
作，日落而息。日月就是钟表，山水就是人生的舞台。朴实的农

夫，荷锄行走在田埂；贞静的农妇，在古老的窗下缝补衣衫；天真的孩童，在青绿的草坪上嬉戏玩闹。几只牛羊在田间闲庭漫步，几只鸡鸭在篱笆边捉起了迷藏。樵夫讴歌，渔夫鼓舞。禽鸟入巢，离人归家。多么简朴的画面，到今天，已成了我们永远不能抵达的桃源。

桃源，不一定是栽满桃花的园林。茅屋，也不一定是茅草盖的小屋。只是内心深处，一方安宁的归宿，我们苦苦寻觅的安宁，其实就在自己的内心。拨开心中弥漫的迷雾，眼中的世界，就清澈明朗，昨天的不幸，也就成了今天的幸福。我们脚下踩着的土地，就是家，就是我们的道场，我们的楼台。这片土地，可以安身立命，可以书写岁月，留下一些老旧的故事，让后人去咀嚼回想。

每个人生下来，都是一块璞玉，天然也沧桑。在成长的过程中，有些人，将自己雕琢成一块可以佩戴的美玉，挂在春风秋月间，陪伴自己一生一世。有些人，固守朴素，不事雕饰，走过漫长的一辈子，还原本真。无论结局如何，坚持做自己，拨开红尘，从容于心，淡淡而来，淡淡而往。

湖上春光至，
山僧闲往还

湖上春光

湖上春光已破悭，湖边杨柳拂雕栏。

算来不用一文买，输与山僧闲往还。

——宋·道济

　　从太湖回来已是黄昏，一轮清月挂在城市高楼的上空，夜幕下白日里飞扬的粉尘停止了飘荡，像是一个戏子褪下了粉黛。闪烁的霓虹灯又变幻出另一种风情，让我几乎忘记，穿过华丽的背景，这座美丽的古城还隐藏着许多老旧的木楼，以及朴素的风景。我看到江南弥漫出一种复古之风，古典的牌坊、古典的楼台、古典的装饰。仿佛许多人都在寻找曾经遗失的文明，找回一个地域的风物与民俗。或许是我们意识到已经走得太远，在茫然的跋涉中应该回首，看一段沧海旧梦。

总是有人问我，有什么特别的爱好。而我每次都回答得干脆：山水。是的，我喜欢天然山水，如黛青山、湖光万顷、一只野鹤、一朵闲云、一蓑烟雨。最好烟云深林，有几户农家、河边栽柳、门前种梅、砍柴度日、捕鱼为生。这种在从前最质朴的生活，到如今成了一种诗意的奢侈。忆起《牡丹亭》里杜丽娘说的，"一生儿爱好是天然。"第十出《惊梦》里那段唱词："原来姹紫嫣红开遍，似这般都付与断井颓垣。良辰美景奈何天，赏心乐事谁家院……"如此烟波画船、石桥冷月的美景，让人甘愿为之付出青春年华，将光阴虚掷。

没有谁不渴望有一段洒脱自在的人生，尤其那些寄身官场、商场以及职场的人。疲倦之时，便想要远离城市纷扰，择一处山水清幽地，过上安静的日子。初次读道济禅师这首《湖上春光》，便觉心性旷达，明净豁然。"湖上春光已破悭，湖边杨柳拂雕栏。算来不用一文买，输与山僧闲往还。"多么逍遥自在，禅趣盈盈，仿佛那遮挡不住的春光乍现在眼前，依依杨柳在风中飘荡，任人赏玩。这些自然的山水，不费一分一厘，无论你是贫富贵贱，都可以在其间穿梭往来。

这令我想起南宋爱国诗人陆游写的一首词，其中有一句："镜湖元自属闲人，又何必官家赐与！"他的词和道济禅师的诗有异曲同工之妙，同样是为寄怀山水，啸傲山林。一位是手持破扇，貌似疯癫的高僧，一位是心系家国，却想做江边渔夫的诗人。他们有着同样疏旷清远的心境，只想借山水过上一种淡定潇洒的生活。尘世间，一砖一瓦都被人占据，就连花草也失去了灵性。多少名胜古迹和寺院，都收门票和香花券，这些风景已经需要用金钱来买。道济禅师和陆游笔下的风景，是远离尘嚣、落在烟云背后的山水。或许我们只有借一双鸟儿的翅膀，飞度千山暮雪，才可以找寻最后的人间净土。

道济禅师，就是民间一直被称作"济癫""济公"的和尚。他破帽破扇破鞋垢衲衣，貌似疯癫，初在杭州灵隐寺出家，后住净慈寺，不受戒律拘束，嗜好酒肉，举止似痴若狂，是一位学问渊博、行善积德的得道高僧，被列为禅宗第五十祖、杨岐派第六祖。这样一位不守清规的和尚，一生徜徉山水，自得其乐，游履所至，挥毫题墨，义辞隽永。他的形象，不像是一位得道禅定的高僧，反而像一位游戏人间的狂人。他一生济世救民，深得众生喜爱，被后人尊为济公活佛。

有位高僧告诉我，道济是一位开悟的和尚。开悟的高僧有天

眼，通晓万事，可以探知过去与预知未来。因为开悟，所以他披
着破帽衲衣，在世间行走，才会如此逍遥快活。在他眼里，没有
清规戒律，世间万物皆自寻常。他嬉笑癫狂、浮沉市井，甚至醉
生梦死，这些都因了他豪迈洒脱的性情。人的性情，其实和山水
一样，源于天然，无须雕饰，自有一番别样风韵和意趣。我们总
说今生的果，取决于前世的因，认为今生的一切善恶相报，皆为
前世所种。一个人的才情，一个人的容貌，一个人的命运，都和
因果有关联。这一切，就像青山绿水一样，烙刻在你灵魂深处，
无论经历多少轮回，都不改初时模样。

风光秀丽的西湖，是多少人心之所往的人间天堂。我们都是
来自天南地北的异客，风尘仆仆来到这座古城，只为那一树送别
杨柳，一枝多情桃花。无限风光本是芸芸众生心中之物，我们无
须花费一分钱，就可以尽情游赏。名闻天下的西湖坐落在杭州，
千年流水去滔滔，人世几经沧桑，它却守着某个誓言，岿然不
动。多少帝王为慕西湖景致，涉水而来，他们身为天之骄子，坐
拥天下，却不能将西湖随身携带，不能将万顷山河装入囊中。

将万千风景装进心里，无论你身处何地，都可以看到明媚的
春光，可以折柳寄情。一颗弱小的心，可以装下整个世界，我们
做不了活佛，不能开悟，却可以在心里，看清真实的自己。也许

我们不能探知过去，无法预知未来，但是现在的一切，就意味着曾经与将来。做一个豁达的人，学会在山中插云，水中栽月，在狭窄的天地间，海阔天空，在乱世红尘里，独自清醒。

被浊世相逼的时候，翻看道济禅师的画像，虽然衣衫褴褛，但那种疏狂放达的笑容，摇扇举足的洒脱，会让我们心性骤然清明。其实我们是红尘中来去自如的人，浮沉于烟火迷离处，徜徉在山水灵幻间。有一天，人世千帆过尽，择一处茅舍幽居，一竿丝线，闲钓秋月。过往的萍水相逢，都成为过眼云烟。让所有深刻的记忆，在时间的长风里，渐渐消散。

烟火浊世，栽种一株净莲

万事无如退步休，本来无证亦无修。

明窗高挂菩提月，净莲深栽浊世中。

——宋·慈受怀深

依稀记得多年前，总会不经意地看到某个名字，或某个网站，写着"红尘摆渡人"这几个生动的字。甚至有一幅画，梅树柳岸边，有一个清瘦背影，摆渡着小船，悠悠划入浩渺的烟水。看罢之后，带给我的是一种"人生万事转头空，滔滔生死已无涯"的荒寒之感。多少人也因为这个意象，而眷恋水乡的风情，时间久了，成了心中一个不愿醒转的梦。其实我们都是人间摆渡客，在异城他乡漂游，转过水复山重，到最后送别的只有明月星光。

也许我们不该责怪那些摇摆着小舟，迟迟不肯靠岸的人，或许他们并不是贪恋水上万千的风景，只是怕了红尘陌上那摩肩接踵的人流。一个习惯了孤独、痴守着清寂的人，偶然邂逅姹紫嫣红的春光，心中难免惶恐不安。这并不是一种懦弱，要知道，多少凄风苦雨，都是硬撑过来的。他们始终以背影相待，是不忍让我们看到被岁月侵蚀的沧桑皱纹，还有那层层结痂的茧。这些都是时光留下的伤痕，袒露在清风白云下，不可遮掩。

当我读到宋朝高僧慈受怀深的禅诗，又似乎对这些眷恋水的摆渡客，生出另一种想法。"万事无如退步休，本来无证亦无修。"禅师所奉劝的人，是那些贪恋世味、追逐功利的人，希望他们不要在尘泥宦海中陷得太深。须知退一步风轻云淡，海阔天空，在止步的过程中，可以渐渐远离贪嗔烦恼，领会无为真谛。而"休"则是在一念之间，念起则尘缘滚滚，念灭则万事皆休。世间万物，皆存真如本性，也许千百年后，你再回首，曾经的物事依旧不生不灭。那些摆渡的人，是太难舍烟水，还是厌倦了岸上纷扬的尘埃，宁愿永不能停止地漂流？

慈受怀深，宋朝云门宗僧，寿春府六安（今属安徽）人，俗

姓夏，号慈受，世称慈受禅师。十四岁剃度出家，四年后，云游
天下丛林，寻师访道。之后寄身过慧林寺，又去天台山，居于灵
岩，再入蒋山，退隐于洞庭湖畔的包山。为圆觉第一祖。著有
《慈受怀深禅师广录》四卷传世。已记不清在何处读过《慈受怀
深禅师广录》，只记得文采飞扬，令人拍案叫绝，悠然禅韵流淌
于水墨间。我一次次想象，那位手持禅杖的高僧，在碧芦江岸，
撑木篙独上兰舟，只为抵达菩提道场。枕石眠云，木食草衣，如
此一路风尘难道不是一种执着？万事无如退步休，世间得失随
缘，想来漫漫禅路亦该随缘。相信淡定如禅师，他必是懂得白云
无心，之所以沉迷于禅境，是为了拯救芸芸众生。

都说人世多迷幻，有时候明知是罪过，却还是要犯下不可原
谅的错误。欲望之尘，纷落在人间，让每个人都不可避免地承受
生命之重。我们常常会被俗事逼迫得身不由己，想要放下，却被
绳索捆缚；想要止步，却发觉已经走得很远，回头已是不能。毕
竟是凡人，欲念就如同斩不断的流水，你把自己伤得千疮百孔，
而流水依旧婉转清灵。在黄叶纷飞的秋径上，我们分辨不出哪间
茅舍会是自己最后的归宿，也不知道谁是自己可以托付终身的那
个人。命运就是一场无奈的赌注，看不到输和赢，只能一步一步
走向结局。

所以说，有些人不是不想退步，而是这红尘深处太多锋芒，当身处激流暗涌之境的时候，不知道如何才能做到无动于衷。疲累的时候，就想要静静地任由生死，任由千缠百绕的琐事缚身，不再挣扎，不再为不可知的宿命寻根问底。无奈的时候，亦想寻访高僧，听他讲经说禅，用佛法掸去心中尘垢。放生池中那潭圣洁的水，倒映着人世的荒芜。不知道一个走过沧桑的人，沉入清泉，是否还能回到旧身。倘若这世间所有的相逢和别离，都可以洁净如一，那么我们应该感恩这尘缘赐予的温暖。

禅师说："明窗高挂菩提月，净莲深栽浊世中。"窗前一轮明月挂在中天，那皎洁的光芒，如同我们内心的菩提圆觉，照彻一切无明烦恼。明月不会偏心，不会独自落入谁家，尘世中万千院落，都纷洒着清辉。身处浊世中的你我，倘若做不到悠然自处，亦无须逃避。做一朵清净的莲花，在污浊的泥土中，依旧可以开出洁净的花朵，吐露幽淡的芬芳。所谓烦恼即菩提，既然避不了烈焰的焚烧，不如赴身火海，化作灰烬，与之共生死。

有这么一句话，置之死地而后生。如此看来，也多了几分禅意。一个没有故事的人，或者说从来都淡如清水的人，是无法体悟到禅法至高之境的。我们总是在世间寻觅最后的纯洁，希望自己所爱之人、所喜之物，是纤尘不染的，这样就可以甜蜜地拥有和分享那份无瑕。却不知，经历过沧海，饱受过离难的人事，更值得自己去好好珍惜。我们要做到的，不是将一张洁白的纸，染成墨绿的颜色，而是需要把累累伤痕，用柔情的手去缓缓抚平。真正的爱，是纠结于过去，只将一颗心交付出来，彼此在薄凉中温暖，在愁苦时愉悦。

高僧用他的禅诗告诉你我，佛不是虚无，他无处不在。无论你在人间，或是沦落地狱，是洁净，还是污浊，他始终如明月般追随左右。放下执念，万般自在。倘若放不下，就继续摆渡在江海上，倘若你醒悟了，记得舍船而下，茫茫人世，终有一个地方会将你收留。没有谁生来就是佛，每个人身上都带着佛性，也许平凡的你我，也可以用慈悲去感化别人。

山穷水尽，风月迷离。有一天我们无法将彼此寻找，请一定要记住，我们曾经在浊世中，栽种过洁净的莲，并且分享过世间最奢侈的幸福。

脉脉情缘，不与白云知

常居物外度清时，牛上横将竹笛吹。

一曲自幽山自绿，此情不与白云知。

——宋·兜率从悦

喜欢在飘着烟雨的日子里，品茗静坐，听着怀旧的古曲，煞有介事地焚一炷香，进入无我的境界。尘世的喧嚣和繁芜，果真知人心意，悄然地退至某个安静的角落。于是，许多虚无美妙的幻想如同雨后山间的轻云，又似暗夜开放的幽兰，心灵亦在清澈中明净。往日那些浮躁的世事，也随一株草木安静下来。抛却荣枯幻灭，我们都是静水深流里的一块卵石，沧浪千年，还是这般毫发无伤。

我曾不止一次，隔着雨雾看落在山头的云彩，想象林峦深处，居住着高蹈世外的仙人。或是云崖采药，或是敲落棋子，或是执刀伐薪，或是拄杖访僧。那里有高山流水的知音，有清远幽深的禅趣，有不与世争的宁静。然而这一切，只是一场永远不会成真的梦，亦像是落花对流水许下的诺言，由始至终都不能兑现。我与禅佛，隔着的，仅是这么一小重山。世内是拥挤的人流，世外是缥缈的烟云。纵使我付出所有，渴望在山间度过一日千年的寂静，却终究拔不出这深陷尘泥的步履。

人间万事，虽有太多飘忽不定，但亦不会凭空而来，终究有所根由。就像佛家常说的因果轮回，有些前世的孽债，还会追溯到今生来讨还。可这世上没有不相欠的人生，在旅途上行走，两个互不相识的路人，都有可能牵系着一段莫名的因由。不知是谁说过，一个内心有着深重情感的人，不适合参禅，因为禅的境界是寂灭虚无，是了然入定。这么说，禅是无情的。若要参禅，必要斩断人生情愁爱恨，在青灯黄卷下，捧一把菩提光阴，静度流年。如此清淡，才算是超然物外，不与红尘相争，在山水间，自在往来。

不是佛无情，而是情太深，深重到牵系世间芸芸众生，总是忽略了自己。那些闲隐山林的僧者，早已涉过红尘欲望之水，抵达清明之境。他们的遁世，不是抛弃世间一切，只顾自己淡定心闲，快乐逍遥，而是在菩提道场，打开一扇般若之门，让漂泊的众生纷纷投奔。佛是慈悲而温暖的，他眼里没有贵贱之分，没有善恶之别。他给寒冷的人以炉火，给饥饿的人以温饱，给痛苦的人以愉悦，给惶恐的人以平静。

一直以来，对禅是一知半解，只觉得那是个与红尘没有半点瓜葛的境界，任何时候，都那么高深莫测。我再次读起宋代高僧兜率从悦的禅诗时，那份闲居山林物外，只与白云往来的超然淡定，似流水清音，没有丝毫玄机。他在层林叠嶂处，搭了一间茅屋，那样孤高绝俗。难道只为了独自禅定，卧在白云堆里，枕着块石，对苍生不管不顾？在这个人迹罕至的地方，只有白云飘荡，但白云亦随风雨昼夜，不断地忙碌往来。而老僧端坐云间，闲淡自适，不为任何意象所动。

"常居物外度清时，牛上横将竹笛吹。一曲自幽山自绿，此情不与白云知。"也许此时的我们，愿意做那个骑在牛背上横笛的牧童，做误入深山的樵夫，做背篓采药的农女。若得机缘，可以躲进茅屋避雨，和高僧共品一壶清茶，下一盘棋。听大师讲经，在一杯茶中、一朵白云下开悟，再将这些寻常禅，带到烟火人间，传递给每一个与佛结缘的人。这就是禅师的圆满，他在深山参禅悟道，不是为了度己，而是为了度化万丁世人。他告诉我们，道本平常，眼前的一切就是禅悟实相，万法随缘，行住坐卧都可以彻见本心。

倘若做不到遁迹红尘，无法抛开一切躲入深山修篱筑巢，不如跳出三界，做一朵桃花肆意开放，直到彻骨荒凉，却也好过飘忽难定，不知去哪里将人生的方向寻找。与其在水中自溺，莫如选择一岸，哪怕独行于荆棘之路，剑走偏锋有时也是一种对生命的救赎。禅有时候就是如此，在峭壁悬崖边另辟蹊径，在穷途末路时柳暗花明，让你在风刀霜剑里还能感受到柳浪莺啼。只要心中有禅，一点萤火就能够照亮整个黑夜，一朵云霞就可以织出无限锦绣，一株含羞草就可以让整个季节葱郁。

一直以来，都以为自己是一个安静的人，无多言语，清淡自居。可读了高僧的禅诗，才发觉身处尘寰的我，根本就无法做到清明澄澈。禅是一面镜子，照得见我内心的浮躁和贪欲，我与世人无异，身上亦积满了灰尘。就像儿时采撷的那株狗尾巴草，它的渺小就是我不能抗拒的卑微。可这些点滴的片段，生活的细节，却蕴含了最真的禅意。原来我一直追寻的禅境，无须跋山涉水远赴灵山，无须剪断三千烦恼丝，甚至无须迈进那道幽静的门槛。就在红尘中，最烟火的人世，禅可以与我不离不弃，给我悲悯的温暖和幸福。

我突发奇想，禅是否可以和我成为尘世里的莫逆之交？为这样的想法，我感到痴傻。那是因为，我希望禅可以将空虚的心填满，可以抵挡一切无由的罪恶，以及诸多莫名的纷繁。曾经有高僧说我与佛结缘，我信，可是我亦断然说过，今生我注定做不了尼姑，亦做不了居士。我可以千百次寻访寺庙，为那里的草木沉迷，却无法在那里，独伴一夜青灯。此生只能彻头彻尾做一个俗世女子，在油盐酱醋茶里尝尽百味，这就是宿命。

佛说，一切随缘。我们深情守护的人，有时却不及一个转身，一个回眸。其实，前世与今生，就是一死一生的相逢；昨天与今天，就是一旧一新的交替。也许我们都无法做到漫步在云端，为众生的安定而修行。于是只能在尘世行走，让佛法静落在心中，减去一些罪孽，滋长一些良善，让莲花胜雪，世界清明。

红尘陌上，一株招摇的小草

兴亡虚去又虚来，为渠国士绝纤埃。

须弥顶上无根草，不受春风花自开。

——宋·投子义青

一直以来，我们都认为历史是沉重的，被岁月赋予了太多沧桑。时光将粉尘落在上面，年复一年，结满了凝重的绿苔。历史其实就是过去，一个民族的过去。记得历史，是为了记住伤痛，记住过往的风吹草动。遗忘是背叛，刻意地记住更是一种空茫。多少风华绝代的人物都在谢幕中老去，朝代的更迭，就像年轮又画上了一圈，无声无息。

因为在意，所以疼痛。我们习惯了把衰亡当作耻辱，把兴盛当作荣耀。一代又一代的人，为了争夺权杖，在硝烟弥漫的战场上浴血厮杀，马革裹尸。到最后，不免还要给自己高涨的欲望，寻找一个堂皇的借口。所有的战争，是为了盛世的和平，为了芸芸众生的安稳。成者王，败者寇，无论你是落魄不达，还是风生水起，人生百年后，都和黄尘草木为伴。枯草得遇春风，还可以绿意欣欣，而死去的人，就彻底结束了如同戏剧的一生。

我们就是沉落在历史长河里的一粒沙尘，为别人的江山做着微不足道的铺垫。岁月烟云轻散去，我们能记得的人真的不多，那些没有成就、没有传奇的帝王，也只能被后人忘记。只能在书卷的某个角落里，搜寻到一些淡到无痕的印记。事实上，他们也只是填充在史册上的墨迹，是历代王朝的摆设，装饰着锦绣山河。这世间的事，皆因为不能得到，才会处心积虑地想去拥有。一个平民用一生的心血换来龙袍，坐拥河山，享尽荣华富贵之后，会觉得原来皇权是这般索然无味。那种被宿命牵缚的无奈，被名利割破的伤痕，亦是一颗平常心难以修复的。

喜欢一种心境，就是在戏曲落幕时，品一盏茶，回忆一段如同烟花的往事。历史混浊的沧浪在半静的心里，慢慢地澄清，所有浮沉荣辱、成败得失，都化作一场荒芜的旧梦。人生至高的境界就是在纷繁中淡定心弦，须记得，生命就是一次伤感的旅程，纵然有一双追云逐月的翅膀，也会被如刀的时光所伤。惊弓之后，还是要回到老旧的屋檐下，用春风疗伤。心静时，思想也参悟了佛性，过往的纠缠都可以搁置在一边晾晒，而你独享此刻宁静的光阴。

宋代一位叫投子义青的高僧，写了这么一首洒脱闲淡的禅诗："兴亡虚去又虚来，为渠国士绝纤埃。须弥顶上无根草，不受春风花自开。"投子义青，七岁出家，遍识华严经，人称"青华严"。后参临济宗浮山法远禅师而悟道，为曹洞宗大阳警玄禅师法嗣。这样一位算得上自小出家的僧人，没有经历人世浮沉，长年濡染禅佛，心境自是与世俗中人不同。他没有一颗追逐名利的心，所以历史的兴亡，在他眼中不过是虚空的梦幻。居住在云深雾缈的山林古刹，吃野菜草根，捧读经卷，把万丈红尘关在门外，似乎想要不得道都难。

据说投子禅师写这首偈颂是因为一则公案。药山惟俨有一次对高沙弥说："我听说长安城十分繁华热闹，你知道吗？"高沙弥回答道："长安城热闹与否跟我无关，在我的国度里，自是清净晏然！"药山十分赞赏他的回答，问道："你这是从经上看到的，还是向别人请教的？"高沙弥笑道："不看经、不请教的大有人在，为什么非要看经、请教别人才能得到呢？"投子禅师知道这则事后，才写下此诗，暗喻佛法清净，可以超越一切，不变不衰，亦不会沾染半点尘埃。

自古以来，长安城一直是很多人的梦想，那个满目繁华的地方，演绎了太多的人生百态。街市上，满是摩肩接踵的人流，上自达官贵族，下到贩夫走卒，都为了在长安的史卷上，留下灿烂辉煌的一笔。一座长安城，成就多少文人梦，又垒起多少英雄冢。在禅师的眼里，这些人都是因为贪欲，才如此执迷不悟，走向断崖险峰，用粉身碎骨来证实这场绚烂的追求。其实他们比寻常人更深知，人生幻灭无常，用一生的时光交换海市蜃楼的风景，无疑是一种错误。可做了名利的信徒，除了虔诚地膜拜，又能做些什么？

在禅师眼里，朝代的兴亡，草木的荣枯，都被碾作历史的粉尘。守着一颗洁净淡泊的心，一切无来无往，便可以看到盛世常宁的景象。就如同须弥顶上的无根草，自根自本，自开自足，不受春风的约束，独自阅读风雨和阳光。也许许多人跟我的想法一样，禅师年年岁岁深居古刹，不知人世究竟有多少繁华，倘若他们看过烟火的绚烂，是否还会念出"五蕴皆空"？其实一个真正入境的人，无论他身处何地，或是蒙上多少尘霜，都无法泯灭他圆融的心性。他们的淡定无须假装，那双清澈如水的眼眸，就流露出了一切真相。

虽说过往的兴衰是一场虚无，可注定的故事已无法删改。每个人在历史的卷页上，画着枝叶，填充颜色，败笔是意料之中。亦是因为有这些败笔，才知道，真正的完美，是多么不易。或许我们做不到心无尘埃，亦不能背负太多的沉重。尘世中的诸多烦恼，都是自己所寻，一个心无贪念的人，难道静坐也会被烦恼砸伤？不要再去盲目地追忆，抽丝剥茧的人，是无法给自己一个坚定的结论的。真的孤独了，不如在一棵枯树下，弹琴作画，兀自禅坐，不思不想。

未来是那么渺茫无边，我们在哀悼失去的甜蜜时，也应该珍惜拥有的幸福。就算被岁月没收了青春，我们还有老去的资格。做一株没有禅意的小草，忘记叶的葱茏，花的芬芳，只安静地在陌上红尘，轻轻摇摆。

汝归沧海，我归深山

世人休说路行难，鸟道羊肠咫尺间。

珍重苎溪溪畔水，汝归沧海我归山。

——宋·保福清豁

在你疲累的时候，是否想过，要将自己放逐在一叶轻舟上，任凭苍茫的烟波将你带至远方，只是不要停留。或许梦见自己来到一处云间部落，所能看到的，只是连绵起伏的青山，和澄澈如玉的碧水。纷乱的世俗，有太多难以承受的压力，所以许多人都希望，可以远离尘嚣，择一处山清水秀的乡村，住进茅屋，吃几天野菜。走过岁月的人，都明白，这一路繁华的风景，都与自己擦肩，最终索求的，却是简单平淡的生活。

我们总是像浮云一样，在红尘中奔波，来去匆匆，常常忘了自己是谁，又忘记了为谁如此居无定所。到最后，将一切繁难，都怪罪给生活——是琐碎的日子，令你我这般身不由己。多少人，藏起了真实的自己，将最后一点闲情逸致，都付诸东风。任凭年岁消磨，所剩下的激情，还有多少可以燃烧？很多人说，年轻时候的忙碌，只为老了以后可以存留多些的记忆。却不知，记忆就是捧在掌心里的水，你努力想要留住，它却依旧随着流年，一点一滴地消逝。待最后一滴水流尽，意味着一切行将终结。

一念迷，则世路曲折，蜿蜒不绝；一念悟，则超脱六道，海阔天空。有位大师曾对我说过，历代以来，许多高僧都已经坐化成佛，达到涅槃之境。我问他，最终的涅槃，究竟是何境？大师说，有了天眼，可以看清三界一切，从此免去六道轮回。资质愚钝的我，就认为，所谓涅槃，就是可以通灵，远离颠倒梦想，万境皆空。世人眼中的禅境，总是隐含了太多的迷雾和玄机。许多人想迈进那道门槛，沾染一点灵性，让自己轻松些，却不敢轻易去参。只觉那万千禅境，若没有一颗云水之心，一般的肉体凡胎，终难以了悟。

悟禅亦是随缘，既是性灵，就不该受束缚。无论是人生的历程，还是禅悟的过程，删繁就简，信马由缰，方可自在。并不是

170

熟读经卷，就可以成为一代佛学大师；讲经传法，布施众生，才是佛之真谛。当年六祖慧能不识一字，却诵出大彻大悟的偈语，得到五祖弘忍传下的衣钵。一棵参天大树，有时却不及一株兰草淡定；一个至高无上的君主，有时不及一个布衣草民清醒。在佛的眼里，万物皆无贵贱和高低之分，聚散随缘，生死相同。

偶读宋代保福清豁禅师一首遗世偈语，迷离的心，似乎有了些许顿悟。"世人休说路行难，鸟道羊肠咫尺间。"我们感叹漫漫尘路，有如万水千山，处处暗藏险境时，清豁禅师却说，崎岖世路，纵然行走艰难，可这一切，只在咫尺间就可以超脱。所谓有求皆苦，无求乃乐。一个人心中所求之事太多，欲念太多，则处处都有求取不得的苦恼。倘若心性淡然，随缘自在，那诸多的苦恼，就如岭边白云随风而散了。证悟此境，世间万千风景，处处皆菩提。

我们毕竟是凡人，要做到无所欲求是断然不可能的，所以顿悟超脱的人，也只是寥寥几个。修佛是修心，出家和在家修佛，自是不同。出家人了断一切尘缘，此生归居山林庙宇，不踏入红尘半步。在家修佛，则为了少些执念，淡了心性，以慈悲对己，方可慈悲待人。世间诸多烦恼皆起于心，心不静，而万物随之而动。哪怕你每日诵吟经书，苦心坐禅，住着茅屋，嚼着菜根，亦难以获得真正的清净。我们总喜欢说，人间多少事与心相违，却不知，心中所想是因为贪念太多。如果禁得住流年的平淡，难道一个人真的不及一棵草活得葱茏吗？

人有灵性，草木亦有；人有血肉，草木则无。所以人有爱有恨，有善有恶，有贪欲，有执念。许多人看似活得鲜活充实，内心实则一片荒芜。佛经云："是身如聚沫，不可撮摩。是身如泡，不得久立。是身如焰，从渴爱生。是身如芭蕉，中无有坚。是身如幻，从颠倒起。是身如梦，为虚妄见。是身如影，从业缘现。是身如响，属诸因缘。是身如浮云，须臾变灭……"既知万物幻化无常，我们的心更应该明净清亮，过于拘泥的人生，只会让自己陷入泥淖。无论江山如何更迭，沧海又如何成了桑田，人生却是一出永不落幕的戏。我们持着岁月的刀剑，有些人选择去做争夺天下的英雄，有些人却做砍柴伐木的樵夫。

"珍重苎溪溪畔水，汝归沧海我归山。"清豁禅师在告诉我们，世间万物，都有自己的归属，无论山海，皆为妙明真心。花是花，雾是雾，溪水自归沧海，禅者自归深山。他临死前告诉门下之人："吾灭后将遗骸施诸虫蚁，勿置坟塔。"言毕，坐磐石，俨然长往。门人禀遗命，竟无虫蚁之类所侵食，遂就阇维，散于林野。禅者至此，早已是起灭随缘，这一生，来来去去的人事，已散作浮云。而我们，读了清豁的偈语，是否依旧会固执地守候在秋天的路口，等待春暖花开？

其实，禅不是一本读不懂的无字天书。每个人活着就是禅，心中都有禅，禅始终如一地告诉我们，万法归一，自在随缘。我们总是过于匆忙，所以常常会走失在人生的四季，而花木是随季而开，循香而落。世间之事，往往是弄巧成拙，只有随缘才能自在。也许我们都应该松一下绷紧的心弦，让自己在寻常的日子里，过得像白云一样轻盈，清风一样悠闲，流水一样从容。须知人事不可屈算，我们不必为一棵枯死的树，久久吊挽。

随缘并不意味着任性，闲散也不意味着蹉跎。时间不会为任何人停留，我们要珍惜。做自己所能做的，珍惜自己所能珍惜的。须知道，风景年年依旧，而流光一去不会回头。无论是归入沧海，还是归于山林，简单地做自己，就好。

第五卷 ◎ 镜花水月

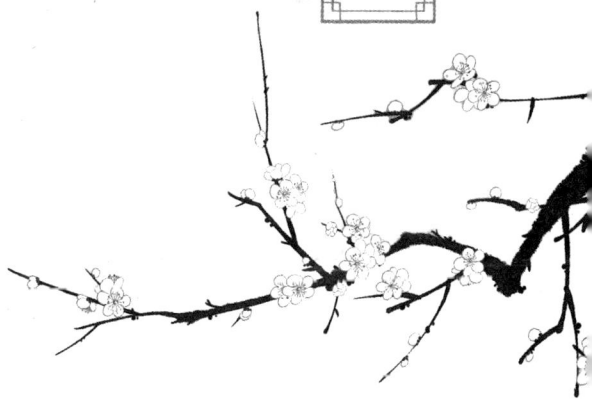

——世间所有相遇——都是久别重逢——

深刻相逢，淡然相忘

小塘

窗前闲半亩，开作小方塘。

云过暂留影，月来时有光。

灌花借春色，洗砚流墨香。

唯有塘中水，澹然却自忘。

——明·永觉元贤

秋天，这个连尘埃都寂寞的季节，总会给人带来许多无由的感伤。行走在江南园林的青石小径，见得最多的，该是落叶。一枚、两枚的红叶落在积岁的苔藓上，那般鲜妍醒目。宁静的时光，翻读着过往无言的记忆，我们感动于这些细碎的渺小。曲折的长廊边，有残荷枯梗落在水塘里，散发出一种不可言说的禅意。莲叶上，有着被岁月风蚀的伤痕，就连盛载在荷盘上的露珠，都是破碎的。这样的残缺，带着一种神伤的大美，春朝秋夕，它们早已学会了舐伤自疗。

看到荷，总会想起朱自清的《荷塘月色》，宁静的月光下，那么多的荷，在水塘里语笑嫣然。一叶小舟，搁浅在藕花深处，寂寞中，适合将美梦收留。总有诗意之人，将笔墨蘸上荷香冷韵，书写几阕玄色小令。曾经平淡朴素的景致，如今人们千方百计仿造。仿佛挖一个水池，就是湖泊，种几朵莲花，心中便生了佛性。泡一壶茶，捧一本书，临水照镜，也算是风雅无边。以为日子会在某个无意的瞬间悄然止步，却不知日夜交替一如既往。

多少人想要在滔滔世海中另辟蹊径，说好了纵浪到底，可每次都是雨打舟归。山水相娱，烟云散去，历史的墨迹已模糊不清，我们彼此在淡然中相忘，包括以往的山盟海誓。在不能终止的流光里，我们无法怪罪生命里有太多错过，也许会辜负青春，却不会辜负宿命。都说人生如逆旅，就算有一天月迷津渡，依旧会有一枚守护我们的红叶，等候在季节的路口。跪在佛前，折一枝莲，便是此生全部的行囊，就这样在秋天的山路前行，不再回头，直到听见来世第一声钟响。

　　山水依旧灵逸，只是暮色暗淡了光影，锦绣园林此时像一张泛黄的黑白照片。而我们就是走进照片中的人，年轻的影像被锁在往来的旧梦里。小茶馆关门了，紧闭的门扉，只有一把锈蚀的铜锁，提醒着你我它真的有了年岁。我们常常会被一枚清新触动心灵，亦偶然会被一片古老打湿双眸。江湖风云涌动，积攒了太多的恩怨情仇，来到这里，所欠的，不过是一杯茶而已。一杯向晚的茶，带着清秋的凉意，给红尘的你，给红尘的我，喝下去就可以看到彼岸莲开。

　　凉秋的池塘，有闲云落影，有明月留光，有木舟倚岸，有倦鸟栖息。想起明代一位叫永觉元贤的高僧，写过一首名为《小塘》的禅诗，他用平淡的笔调，写出一份随顺自然的意趣。我始终认为，那些遁入空门的僧者，是因为见过了世俗的华丽，厌弃了当金丝笼里的一只金蝉。他们为避烟火，躲进了长满青苔的木门里，在廓然阔境中，一往无悔地丢弃荣华，守候清贫。淡然寂静的人生，已经没有了前寻的必要，了悟之时，万境皆空。他们来时，抹去了所有踩出的印记，只为了，没有回头之路。

　　清闲时，将窗前的半亩小地，开凿作池塘，给禅寂的流年，添上灵动的诗意。小小的水塘，白日里有浮云过访，在澄澈的水中，留下顾盼的身影。夜晚邀来明月，在水上对饮，时光的佳

酿，滑入记忆深处，回到那个有《诗经》的年代。那些情禅，在
岁月的回风下流淌了三千年，穿过长亭古道，依依深巷。多少王
朝失势，多少流云聚散，那口荒废的池塘畔，依旧伫立着一个不
肯失约的人。尽管有些孤单，可每经历一场轮回，都如梦初醒，
直至丢弃所有的记忆，褪去生命所有的颜色。

　　小塘是无私的，它的情感似泉水取之不尽，而这些灵性之
水，可以浇灌花木，平添小园无尽的春色。亦可以洗涤笔砚，让
唐风宋韵的墨香，在人间流溢。就是如此多情的小塘，以其渺小
的生命，成就世间的完美。然而它功成而弗居，不为浮华所动，
在空寂的小园，岁月的角落，淡然自忘，洒脱自如。也许只有阅
读一个高僧的故事，才可以不惊动它的安宁；也许只有来自明代
的那株莲荷，才可以看到它的禅心。在永觉元贤禅师的笔下，小
塘就像一位高蹈世外的隐士，我们总在那片清水中跌回往昔，而
它依旧安然自在。就像长在池中的莲，也餐风饮露，不食人间烟
火，枝头上的蝉唱，瓦当上的小草，都与它们无关。

　　世间缱绻之事，落在凡人心里，就是千丝万缕的纠缠，落在
禅师的眼中，竟是这般了无挂碍。一方小塘，看尽多少过客往
来，每一次相遇都是结缘，每一次离散都是度化。有人在这里吟
咏忧伤的曲调，追忆流逝的年华，那是因为水的纯粹，塘的静

好。这就是佛性，水塘的佛性，高僧的佛性。纵然安静的水塘许诺过，这里永远有我们灵魂的一席之地，可我们终究还是做了那个策马江湖的人，云天万里，沧海千年。有一天，在深山古刹迷了路，院墙内，该有一枝寒梅为你我指点迷津。

禅师参悟，是因为他的心，没有停留在世间的荣华上。远离红尘熙攘，才可以与佛祖有深奥的交谈。其实，所有的淡然都是在欲望中学会的，就像所有的相遇都在离别中结束。我们总是躲在自己酿造的华丽里，假装很幸福，时间久了，忘记了所有的不幸。好比一个谎言，说的次数多了，也成了真。可是烟雨再美丽，我们还是离不了阳光，了悟不是逃避，放下不是放弃。每个人都知道，前缘过往是你我都回不去的原乡，如果学不会相忘，就用一生来飘零。

时间过去了，留下一些破碎的影子，任凭我们一一捡拾，也拼凑不回最初。在深秋的渡口，不需刻意等待相逢，就在各自的心中，选一个小小角落，挖一口水塘，栽种莲荷。于禅寂的光阴下，慢慢地淡然相忘。请相信，在最深的红尘里，所有灵魂的牵手，都属意外。

高山插青云，碧水种莲花

返本还源便到家，亦无玄妙可称夸。

湛然一片真如性，迷失皆因一念差。

——明·浮峰普恩

清秋的雨，带着瑟瑟凉意，仿佛一夜之间，夏季的余温就归入风尘。多少匆匆赶路的人，忘记带一件御寒的衣衫，微恼着要去找一棵树，讨个说法。谁知昨天的它还安然无恙，今日已落叶纷飞。时光的流转，不宜多说，一个低眉，一个转身，此刻的携手，就成了明天的分离。人在世间行走，就算你不惊不扰，也要被荆棘所伤。有时候，一点风声，一束阳光，一丝雨露，都是利刃，走过的路有多长，伤痕就有多深。仿佛要尝尽诸多苦楚，才算是完成人生所有的历练。

　　每一天，我们过着平凡而简单的日子。渔人深夜撒网，清晨收获。樵夫日出上山，日落下山。浣女将一篮沾满尘埃的衣衫，洗成洁净的湿衣。炊妇将一锅生米，煮成熟饭。也有辛劳的铁匠，将风霜的岁月，打磨成剑；有风雅的诗客，将平凡的景致，吟咏成诗；还有淡定的僧侣，将一天的光阴，静坐成禅。这就是众生本来的面目，没有多少禅理，也没有多少玄机，在各自的人生里，守候各自的宿命。有一天，我们邂逅在黄昏的渡口，你说你是走街串巷的卖油郎，我说我是和柴米油盐打交道的凡妇。

　　我读明代浮峰普恩禅师的佛诗，顷刻间，感受到一种拨云见日的清朗。浮峰普恩，湖州天池月泉玉芝法聚禅师之法嗣，俗姓金，山阴人。普恩禅师十岁出家，缘由不明，或因家境贫寒，或是机缘巧合，总之他舍弃滔滔红尘，静坐蒲团之上。他的一生，究竟有多长，亦不得而知。总之他在佛前，参悟禅机，了空一切。其实，生和死，来与去，不过一念之间，像是在菩提树下打了个盹；像是檐角的铜铃，风起则响，风止则息。

　　"返本还源便到家，亦无玄妙可称夸。"多么浅显之句，却留给深刻的佛法一大段空白。在世人眼中，佛学高深莫测，遥不可及，所以众生总喜欢谈玄说妙，却不知每个寻常的时刻，即是玄妙。世间万物皆有佛性，只要回归自然，做真实的自我，便能看到自己的佛性。无须舍弃简单的道理，而去寻求缥缈的玄机，这样可能会迷失本性，让自己跌入幻境的深渊。我们总是不断地找寻属于自己的东西，却不知，我们所拥有的，已经足够多。我们总以为，越是复杂的人生，就越是深藏秘密，总想迫不及待地掀开序幕，看最后的结局。然而，结局和开始，原来是一样平常。

所谓一叶障目，你明明已经渡江而过，登上彼岸，却还误以为，自己在此岸沉沦。岸在何处？岸在自己心里。所谓回头，不过是看清自己的面目，不要迷失在茫茫人海。执念则生迷悟，人之所以常常看不到自己的佛性，是因为欲望太多，疑惑太多。万物已在眼前，我们却还要涂抹诸多颜色，覆盖繁芜的尘烟。以为这样，就能够给自己的人生添一抹亮丽的色彩，结果却适得其反，让自己疲惫不堪。所以说，这世间的痛，世间的罪，世间的累，都是自己给的，没有任何人可以强加到你我身上。

"湛然一片真如性，迷失皆因一念差。"假如我们每一个人，都让自己活得真实而清淡，真的性情就像佛性一样明朗湛然，又何惧粉尘的侵犯。觉悟与迷离、善良与罪恶、洁净与污

秒，都只在一念之差。只一念，可以度化苦厄，修成正果。在纷
芜的世相中，我们当心如明镜，再多的烦恼，于镜前，也照不见
影子。让自己做一粒微尘，不执着于得失，和世间的一切风物共
生存，相安无事。不问来路，不问归途，或许落入岁月的缝隙
里，或许一直在路上。

多么明净的心性，就如同一首叫《睡莲》的曲子。月光下的
莲，随着琴音徐徐舒展，独自安享一份宁静的时光。多少衣袂飘
飘的身影打旁边掠过，它从不为任何一段萍水相逢，留下纠缠的
情感。只一瓣心香，和清凉的水，安静地对话。讲述隐藏在前世
里，那些不为人知的故事，以及它和池塘的因果，和一叶小舟的
相惜。浮云流转，几千年过去了，相见时还是最初的模样，当时
的心情。所以一朵青莲，无论是在尘内还是在尘外，都被人深情
地喜爱着。因为它的洁净，可以让人毫发无损地躲过现实的险
境，让我们觉得，轮回是这么执着无悔。

高山插青云，碧水种莲花，世间万物，还源本真，湛然一
片。哪怕将清新的日子，过到苍老，将无限风光，过到深冷荒
凉。只要守着真实的自己，和岁月相知如镜，就是一种安定。一
个洗尽铅华的人，一个从善如流的人，一个甘守平淡的人，不会
去过多地询问，命运究竟还隐藏了多少玄机。因为他们明白，所

谓的玄机，就是生命里真实的存在。山有山的诺言，水有水的柔情，人有人的使命。人生的旅途中，也许并没有多少温暖，让我们赖以生存。但总还有一些渺小的故事、单纯的光阴，等待着我们投入情感，收获记忆。

繁忙的尘世，摩肩接踵的人流，谁肯为一株花草俯身，为一粒尘埃止步，为一只虫蚁而低头？能够安于现状，踏实地守着自己的家园，自己的流年，已是对生命的感恩。不必思索什么样的人才可以让红日换色，静水深流。真正的幸福，是做一对凡夫凡妇，晨起时听到第一声鸡啼，夜梦里偶闻几声犬吠。

不去丈量人生的堤岸，究竟还有多长，就像不去猜测这条秋天的山径，究竟还有多远。总算又等到与落叶相逢，纵然一无所有，还可以将黄昏带给夜幕，将青春留给昨天。忘记付出的，忘记相欠的，过白水一样的生活，一切都不算太迟。

红尘滚滚，世路且长

滚滚红尘古路长，不知何事走他乡？

回头日望家山远，满目空云带夕阳。

——明·憨山德清

无论你是一个安身立命的人，还是一个行走天涯的人，这一生，都离不开漂泊。策马扬尘，从杨柳依依的古道，到落英缤纷的小径；泛舟江湖，从烟水迷离的此岸，到落日苍茫的彼岸；一路风尘，踩着前人的脚印，又留下足迹给后人；看过多少秋月春风，又有多少人的故事，就这样重叠在一起。浮萍聚散，有如花开花落，没有谁知道，自己最终的归宿在哪里。过往日渐分明，前程依旧模糊不清，在无从选择的命运里，你只好随着岁月匆匆赶赴。直到有一天，时光长出了新绿，青春却悄然老去。

这不是一种必然的无奈，因为一路上，你可以赏阅四时风情。疲倦时，亦可以投宿在人生客栈，将灵魂打理干净，再重新上路。我们都是红尘浪子，也曾在最深的尘世相逢、相知、相爱，但终究还是免不了相离。所以，才有了来世之约，只是时空流转，风云变幻，是否真的可以等到今生缘定的那个人？

有时候会觉得，过日子过到白发苍苍的人，是世间最幸福的人。因为我们所能把握的只是触手可及的今生，至于誓约，不过是给渺茫的未来留下一份温存的怀想。这世间，有人痴守诺言，有人目空一切，到最后，因果自尝。我们的责任，也只是把光阴度完，至于是蹉跎还是惜时，其实不那么重要。

趁着薄秋的清凉，去了惠山，不是为了江南第一山的美誉，也不是为了天下第二泉的盛名。去那里，多少是为了惠山寺那株古银杏，池塘里的几茎青莲，以及一炷檀香，一曲梵音，一个僧者的背影。似乎，那里的瓦檐、草木，都让我为之神往。我视这份微妙的感觉为一种缘分，一个誓死要做红尘凡妇、静守四季炊烟的女子，却不知为何会与禅林庙宇，有这么一段机缘。

我曾无数次，在佛前许愿，来世吧，来世我一定听你说禅。请原谅，今生的我，落入尘网太深，已不能回头。我为自己的承诺感到羞愧，因为在浩瀚的人世间，我亦不知道，是否真的有来世。如此用言语搪塞佛祖，他会怪罪于我吗？

一个人行走的时候，总会想起一位高僧的诗句："滚滚红尘古路长，不知何事走他乡？回头日望家山远，满目空云带夕阳。"开始以为，这不像一位得道高僧所作，更像一个红尘浪子所吟。因为这份不知归宿的迷惘，就像一个远行在天涯的异客，虽有山水为伴，星月相送，可是远方太远，害怕走得太急，回首望不见家乡的山，又害怕有一天走到无路可走，一生就这么仓促结束。

这份迷惘，源于人类的渺小，万里山河、寥廓苍穹，我们就只是一粒沙尘，一颗星星。不知道为什么而存在，亦不知道为什么而追求。这般卑微平凡，却同样免不了离合悲欢、生老病死，以及经受许多残忍、罪恶与撕扯。是因为陷得太深？还是因为任何简单的存在，都要付出代价？

也许直到今天，才或多或少明白一点，大师就是在万千迷茫中顿悟。在此之前，他也是红尘俗子，与我们一样，背着世俗的行囊，在弥漫着风烟的古路上行走，被时光追赶，找不到自己的归宿。直到有一天，他走进了佛门，才明白，这些年的漂泊，只为了来到佛前，做最后的停留。

每当我看到寺庙里的僧者，在佛前不厌其烦地诵着早、晚课，每一天重复着相同的日子，简单、平静、淡定。心中生出的不是敬畏，而是安宁。他们之中，也并非每个人都心中明澈，没有丝毫迷惘，至少在世人眼中，他们获得了一种禅定。而我们，还在没有方向的古道上，茫然地追寻。

写这首诗的大师为憨山德清，明末四大高僧之一，俗姓蔡，字澄印，号憨山，全椒（今属安徽）人。十二岁投南京大报恩寺学经教，十九岁在南京栖霞寺剃度出家。一生游历名山古刹，弘扬佛法、重修祖庭、参悟禅理、明心见性。虽入佛门，也曾历经起落，浮沉于世，最终禅净归一。著有《华严纲要》八十卷、《楞严经通议》十卷等。诗文造诣甚高，圆寂后在曹溪留下全身舍利，供世人瞻仰。

"江光水色，鸟语潮音，皆演般若实相；晨钟暮鼓，送往迎来，皆空生晏坐石室见法身时也。"德清禅师从滚滚红尘超脱而出，其慧心有一种水清见底的彻悟。于修行的道路上，他是一个漫步者，前方有佛祖等候。所以，哪怕行至山穷水尽处，也无法消损他内心的丰盈。尽管如此，在渐行渐远的行途中，他还是会回望家山，看一轮红日，销尽两鬓风霜。儒家讲忠讲孝，佛教也讲忠孝，德清禅师曾说过，出家人宁可上负佛祖，下负我憨山老人，不可自负，不可负君，不可负亲。

白云出自深谷，静水来于石林，而人也有来处和归处。寄身苍茫红尘，难免怅惘不知所依，但每个人，终要沿着属于自己的方向，去完成今生的使命。哪怕做一艘迷失在江海的小舟，却也清楚有一处港湾，正等待着它去停泊，只是还需要寻找。人生就是如此，经历万水千山，方能归于禅寂。直到某一天，白发苍颜，老到几乎认不出彼此。可你还是你，我还是我，就这样坐在薄秋的午后，品一盏清茗，诉说一世过眼云烟的沧桑。

友对我说："你闲时给我写两个字：舍得。"我听后心生迷离，因为到如今，我亦做不到舍得，舍得过去，舍得当下。所谓舍得，有舍便有得，何谓舍？又何谓得？《金刚经》里说过："过去心不可得，现在心不可得，未来心不可得。"凡所有相，皆是虚妄，众生的心，随着时光的流转而改变，努力想握住些什么，心中藏着的，却已是虚空的回忆。

　　我告诉友，或许这两个字，要在一位得道高僧的笔下，才能洒脱从容些。我只是一个平凡的人，在茫茫世路上徜徉，看罢春花落，又见秋叶黄。以一颗平常心，在水墨中行走，无谓舍得，无谓放下。

是几时，
龙袍换成袈裟

阅罢楞严磬懒敲，笑看黄屋寄团瓢。

南来瘴岭千层迥，北望天门万里遥。

款段久忘飞凤辇，袈裟新换衮龙袍。

百官此日归何处？唯有群乌早晚朝。

——佚名

我从来不是一个探秘者，总觉得所有的秘密，都是一道伤疤。你想知道答案，就意味着要揭开别人的伤疤，让早已停止疼痛的伤口再次疼痛，痛得无以复加。逝去的人是无辜的，被保守的秘密亦是无辜的。我们却总是坚持不懈地去挖掘和寻找，那是因为每个人都有一颗好奇心。事实上，许多秘密，湮没在历史的沙尘下，永久地不见天日。任凭后人如何去追索，曾经设下的谜题，再也不会出现谜底。

偶然在一个网站看到建文帝遗留的几首诗，据说是他逃亡到西南，做了和尚之后写下的。心中不禁讶异，这个明朝皇帝，失国之后的下落始终是个谜。难道他真的逃出了宫殿，做不了皇帝而去做和尚，并且做了一个喜欢写诗的和尚？关于建文帝生死去向，一直是历史上遗留下来的一个至今都无法破解的谜。当年建文帝削藩，导致其叔父燕王发动"靖难之役"。建文帝的帝王之位，仅仅坐了四年，而他也在一场大火中不知去向。

燕王朱棣始终不肯相信，那具穿着龙袍、已经烧成灰烬的尸体就是建文帝。他相信建文帝已经秘密逃离皇宫，于是派士兵四处追寻他的踪迹。他害怕有一天，还有一线生机的建文帝会复国再起。软弱的建文帝在军事谋略上远不及朱棣，但朱棣的皇位毕竟坐得不是名正言顺。他叛国夺位换来的皇位，就真的坐得那么安枕无忧？纵然他比建文帝更有帝王的魄力，有君临天下的霸气和胆识，其统治时期，被称为"永乐盛世"，但是篡权夺位，谋害亲侄，对他来说，终究是一场梦魇。永乐十九年，明成祖迁都北京，以南京为留都。这或许可以看成是朱棣的一种逃避。

建文帝究竟去了哪里？是葬身在那场无情的火海中，早已成了阴司亡魂，还是真的逃离宫殿，在流离失所的境况下，做了深山苦僧？记得在电视上看过一集《寻找建文帝朱允炆》的探秘史，在南京明朝皇宫不远处，找到一个洞穴，从洞口钻进去，可以直通宫殿。难道建文帝就是从那条通道逃离，保全了性命？又或者说，他早就预料到燕王终有一天会破城而入，命人暗地挖好通道，就是为了有一天可以逃亡？那他走时身边还有随从吗？长子不知所终，两岁的次子成了朱棣的俘虏，被监禁到五十七岁才重获自由，这些都是他早就预料到的吗？

这就是生在帝王之家的无奈，一人得道，鸡犬升天；一人失势，草木皆枯。无数后人都循着明朝历史所剩余的一丝踪迹，寻找建文帝。他祖父朱元璋描述他是一个早慧、孝顺和正直的皇孙，对他宠爱有加。他父亲朱标太子在盛年时早逝，他作为朱标最年长的儿子，被立为储君。二十一岁的建文帝在南京继位，他温文尔雅，性情软弱又毫无治国经验。他衷心向往的是实行理想的仁政，却不知皇宫里有太多倾轧斗争。他听取黄子澄的谏言，削夺藩王的权力，实则是担心几个有野心的皇叔对其发难，其中最令他忧心的是燕王朱棣。也正是因为他的削藩之举，燕王才下定决心对抗朝廷，并最终一举攻破皇城。

　　朱棣不能相信，那几具烧焦的尸体里有建文帝。可是建文帝真的逃脱了吗？这个无法破解的谜团，已经掩埋了六百多年，关于建文帝的下落至今依旧众说纷纭。许多地方都隐约地遗留下他到过的痕迹，却都像被水洇过的纸墨，变得模糊不清。没有谁可以得出一个肯定的、正确的答案，证实建文帝真的没死，而是流落到某座寺庙出家为僧；或是在某个村庄，过上普通老百姓的生活，并且繁衍生息。无论是哪种结局，建文帝都是一个没落皇帝，失去了江山，丢失了宝座。

　　这首述怀诗，显然不是出自建文帝之御笔。倘若建文帝真的还活着，但求默默无闻，苟且于世，又怎敢写下"款段久忘飞凤辇，袈裟新换衮龙袍。百官此日归何处？唯有群乌早晚朝"的诗句流传于世？无论流落到何处，他都只能隐姓埋名，不能让任何人看出丝毫端倪，否则必然惹来杀身之祸。这首诗确实写出一个落魄帝王龙袍换袈裟的凄凉和无奈——隔着万里蓬山，遥望皇城，曾经的百官各归何处？皇城沦陷，丢了权杖和玉玺，他只是一个为保性命而四处漂泊的失败者。以他的软弱，就算活着，亦不会有雄心壮志来重振山河。

　　建文帝的帝王梦，早就在那场靖难烽烟中醒来了。如果没有这场烽烟，建文帝也不过和许多平凡的帝王一样，在属于自己的国土上，做几年甚至几十年的安稳皇帝。以他的温和懦弱，应该不会在大明史册上，留下浓墨重彩的一笔。历代帝王无数，能够流传千古，让世人铭记于心的，只有寥寥几人。其余的皇帝都只是轻描淡写，按照命运的安排，做几年皇帝，然后悄无声息地离开。各个朝代，多少帝王，试问我们能记住的究竟有几个？在翻涌的历史潮流中，帝王也不过是一粒沙石，和庸常的人一样，在潮落时销声匿迹。

建文帝这颗沙石，到底被湮没在哪里？既然无迹可寻，似乎已没有再寻的必要。就算他活着，在某个隐秘的地方，活到白发苍苍又如何？失去了皇位，他和平常百姓再无区别。至于这首诗，究竟出自谁人之笔亦不重要。相信在悠悠岁月中，建文帝的亡国之恨，也应该被风声冲淡了。

倘若建文帝真的做了高僧，悟了禅理，又怎么还会计较，一场不能回转的靖难旧事？他早已习惯了黄卷青灯的寂静，素食淡饭的清简。就让帝王之梦，随着那场大火焚烧为灰烬，让追寻的人继续追寻，让探秘的人继续探秘，让建文帝成为历史上一个永远没有结局的谜，成为一段永远不能参透的玄机。

春还在，人已天涯

人间春似海，寂寞爱山家。

孤屿淡相倚，高枝寒更花。

本来无色相，何处着横斜？

不识东风意，寻春路转差。

——清·敬安禅师

　　我记得一枝梅花，白梅，开在高墙内，墙壁是秋天银合的颜色，青瓦还刻着某个年代的字。就是这么一枝开在山林古刹的梅，让我此生难忘。都说莲花有佛性，它似灵，飘荡在寺院每个角落。而梅花，忘记人间春色，不识东风情意，疏淡寂寞。我是个念旧的女子，喜欢唯一，却对这两种花，难以取舍。季节安排好了，与梅相逢，便要与莲相离。

　　我并不是一个绝对相信宿命之说的人。但承认，我信因果，信缘分。有江湖术士说过，我前世与佛结缘，所以今生要再续未了之缘。后又有寺庙高僧，说我佛缘甚深，要度化我。这些，我都不以为然，我是个散漫的女子，守不了清规，所谓的缘，只是某种灵魂上的相许。我不信佛，但我不能否认，我喜欢寺院空灵的禅境，喜欢檀木的冷香，喜欢佛前，一株草木的慈悲，还喜欢梁柱上，那一面古老的铜镜。但我更贪恋凡尘，贪恋抱薪煮火的暖，贪恋五味俱全的香。我的心愿，是在江南一扇木格的窗下，与一个温和庸常的男子，素食布衣，安度流年。

　　读一首梅花诗，一首僧人写的梅花诗。僧者心境，参着禅意，让梅花，也素雅出尘。"人间春似海，寂寞爱山家……本来无色相，何处着横斜……"这树梅花，不在如海的人间春色里，与百花争艳，却甘于寂寞，在山林独妍。它将时光挂在斑驳的山墙上，让遁世之人，可以看到它雅洁的模样、幽淡的清香。它从来不渴望春光，也不对任何人吐露眉间的忧伤，只偶尔和月亮倾诉些许清瘦的衷肠。它有时如同一个久居深闺的妇人，有时又恍若一位闲隐林泉的高士，还有时像一个禅坐云中的僧人。尤论它是谁，我们只需记住，它慕清幽不羡繁华，它爱天然不喜轻妆。

　　后来得知，写这首梅花诗的僧人，叫敬安禅师，又称寄禅、八指头陀，是声望卓著的奇僧。我却偏爱他另一个雅号，白梅和尚。就是这位卓绝的诗僧，百花之中，独爱梅花，著有诗集《嚼梅吟》。许是因为名字相似的缘故，又或是因了同为爱梅之人，更巧的则是，我与这白梅和尚的生辰，皆为腊月，并仅相隔一天。腊月，梅花的季节，冥冥中真有注定，不容许你去猜疑。若用平常心看待，世间万物都相生相连，擦肩而过，也算是一种缘。缘分，没有空间和时间的距离，只需一瓣心香，隔了万水千山，亦能走到一起。

　　敬安禅师，佛缘深厚。生于清咸丰元年，幼时随母拜月，喜母亲为他讲述佛祖、菩萨和神仙的故事。后父母双亡，家境贫寒，早尝人间辛酸。但他小小年纪，心存善念，与佛门只隔了一道薄薄的墙。在他十七岁那年，一日风雨，见篱院满地零落的白桃花，感而大哭。落花为他开启了心门，于是去了湘阴法华寺，依一位东林和尚剃度出家。起法名敬安，字寄禅。从此断绝尘念，坐禅苦修，寒来暑往，几十年的光阴，都交给了佛祖。敬安禅师有着融通万物的襟怀、普度众生的悲悯，他以诗言志，脱去人间烟火，传达深深禅意。

　　此一生，因为朝廷动乱，也经历佛事鼎盛，寺宇颓败的起落。但他立志复兴，四季讲禅，传扬佛法，重振宗风。敬安不仅是诗僧、禅僧，也是苦行僧。他喜好吴越山水，曾独自一人，手持竹杖，芒鞋破钵，遍访名山古刹，常啸林泉风月。他以石为枕，云为被，松果为食，和泉水吞之。他曾想过佛前禅定，了无挂牵，甚至连诗也戒掉：从今石烂松枯，不复吟风啸月。然他与诗之缘分，不输于佛缘、梅缘。最后，诗名赢得满江湖，几乎掩盖了他的禅名。这令我更加相信宿命，有些事，有些人，就是会纠缠一生，无法摆脱。

就像开在禅院的梅，开在纸端的梅，开在心里的梅，看似几点淡墨清痕，疏离寥落，却花枝相连，难以割舍。守着彼此冰雪天地，安静绚烂，清绝又秀丽，坚定又柔软。一个爱梅的人，应当有梅的风骨、梅的雅洁，在无人赏识之时，也要心存淡定、吐露清芬。假如做不到，也没关系，就做一枝朴素的梅，在山野驿外、断桥流水边，静静地开放。忘记年岁，忘记自己原来还可以给草木幽香，给尘泥温暖。

一念起，万水千山皆有情。一念灭，沧海桑田已无心。敬安禅师曾到宁波阿育王寺，去拜佛舍利。当他看到佛陀真身舍利，万分激动，顶礼膜拜后，在自己手臂上剜下一块肉置于灯斋，并燃二指供佛。他禅心坚定，令人震惊，被称为“八指头陀”。他用一颗慈悲心，去爱梅，写下无数首梅花诗，梅之神、梅之品、梅之骨、梅之韵，皆付诸笔墨，在宣纸上流淌，似雪轻妍。诗心一明月，埋骨万树花，让人总也忘不了，曾经有个白梅和尚，和梅花的一段情缘。

佛法无量，人生有涯。想在寺院里住一次，一次就好。听一次钟鼓，读一卷经书，看一抹烟霞，品一盏淡茶，还要折一枝梅花。已记不得，曾经多少次在佛前许下同一个心愿，我对佛说："佛，你准我今生圆梦，我听你来世说禅。"从一个小女孩，到如今只能轻轻握住青春的尾巴，虽没有沧桑的模样，却也回不到昨日的鲜妍。而我在佛前，许下的还是同一个心愿。是梦难圆？还是梦太多？连我自己，都不明白了。

古今多少兴亡事，都在杨柳烟幕中，高僧远去，终无缘相逢。我也只是，记得有个白梅和尚，他心系草木尘灰，是否会知道有一个我并不重要。梅花落尽，江山如故，潇湘云水，秋梦无痕。

镜花水月，转瞬即空

寄生草·解偈

无我原非你，从他不解伊。

肆行无碍凭来去。

茫茫着甚悲愁喜，纷纷说甚亲疏密。

从前碌碌却因何，到如今回头试想真无趣！

——清·曹雪芹

　　每个人降临到世上，都是来历劫的，尘缘就是劫数。无论你生在富贵之家，还是贫贱之户，一生是漫长或是短暂，因果轮回，都在劫难逃。有些人宛若冰洁的霜花，有些人如同飘浮的尘埃，无论华丽还是朴素，最后都会消散无踪。看香炉上青烟袅

袅，刹那竟然想起一个人——贾宝玉，一个家喻户晓的名字。贾宝玉是《红楼梦》一书里最主要的人物，别号怡红公子、绛洞花王、富贵闲人。

其实世上原本没有这个人，大家谈论得久了，就以为是真的。这个被封存在书里的人物，不知几时从书中走出来，和我们一起在人间奔跑，演绎属于他的故事，有真假、善恶和美丑。多么熟悉的一个人，虽然生在钟鸣鼎食之家，但温润如玉。有时候，我们可以近距离观望他，一位步入云端的多情公子，却愿意俯视人间的平凡。

贾宝玉带着传奇色彩来到人间，他是神瑛侍者投胎转世，对绛珠仙草有灌溉之恩，因此有还泪一说。其出生时口含一块美玉，这块玉伴随了他真真假假的一生。他从虚无的梦中走来，所以最后抛却尘寰，选择出家，回到渺茫的虚无之境。在此之前，没有谁会想到，一个侯门公子，拥有锦衣玉食的荣华和锦绣万里的前程，会以寂灭告终。他就跟霜花一样，人们还没来得及观赏，就转瞬即逝。留给我们的，是如同泪珠一样的回忆，还有无奈的叹息。

总觉得，这样一个贪恋世间情爱的人物，应该离不了可以给他无限繁华的尘世。却不知，他内心深处一直被孤独侵占，倔强，叛逆，厌恶功名，其实是对这浮华如梦的凡尘失望。所以其母王夫人，称他为"混世魔王"和"孽根祸胎"。仿佛他的出生，就是来讨债的，讨回前世的宿债、情债，而今生的功名利禄，被他全然否决。贾氏家族多少人对他寄予厚望，他却视若无睹，甚至憎恶自己的出身，而去爱慕和亲近那些出身寒素、地位轻贱的人。他向往的是在大观园中，和诸多女子斗草簪花、低吟浅唱、逍遥自在的生活。事实上，他的心一直都跳跃在朦胧的梦中，这样躲避现实，是因为他害怕被伤害。

他曾说："女儿是水做的骨肉，男人是泥做的骨肉，我见了女儿便清爽，见了男子便觉浊臭逼人。"这一切都是因为女子的温柔，给他带来一种明净和安逸的感觉。那些粗野的男子，多为沽名钓誉之徒、国贼禄鬼之流，有了这些追求，必定会有争斗，以贾宝玉的软弱，无疑会被热浪裹挟的名利给烫伤。他背负情债来到人间，今生只能纠缠于尘缘中，家国的兴衰、个人的荣辱，都是那么不值一提。

一个不热衷于功利的人，他的心应该是澄净的，他带着一种虚无的感伤，生活在大观园。在那里，有与他心心相印的林黛玉，一株在前世受了他灌溉之恩的绛珠仙草，一个今生需以泪还之的女子。林黛玉无视"女子无才便是德"的封建道德规范，热衷诗文，才华出众。两个叛逆的灵魂走到一起，获得心灵契合，在彼此心中种下了情根。一起读《会真记》这样的禁书，为书中男女主角敢于挣脱封建礼教的束缚、追求爱情的决心而感动。

因为爱得太深，所以沉浸在梦里不愿意醒来。但当冷酷的现实催人醒的时候，这场戏，最终以悲剧收场。贾宝玉放弃尘世，皈依佛门，其实早已注定。他厌恶功名，反对封建，其实就是一种遁世。修佛不是思想消极，而是因了人们发现有那么一个地方，比混浊的俗世更加令人向往。那里山水清澈，漫溢莲香，不分贵贱，无关离合。无论你是寻访而至，还是误入迷津，都会被这个清朗的境界所感染，而甘愿放下前尘过往，从此只在莲台下清净自在。

在《红楼梦》一书中，贾宝玉好几次提到要出家做和尚。在他的思想里，和尚应该是没有情爱，只在深山庙宇撞钟念经的。其实他身边有个带发修行的尼姑——妙玉，然而这位出尘脱俗的尼姑，也没能彻底摆脱情爱，最终沦陷在泥潭中。宝玉初悟禅理是在宝钗生日的那一回，宝钗点了一出《鲁智深醉闹五台山》，并向宝玉推荐其中一支曲子《寄生草》的词。宝玉听后，喜得拍膝叫绝，回去之后，写了一段偈语，又题了一首《寄生草·解偈》："无我原非你，从他不解伊。肆行无碍凭来去。茫茫着甚悲愁喜，纷纷说甚亲疏密？从前碌碌却因何？到如今，回头试想真无趣！"

贾宝玉在感叹人世渺茫，过往的碌碌，却不知是为何。说什么亲近疏密，悲欢愁喜，不过是浮云来去，回头试想一切，是那般无趣。这首《寄生草·解偈》，是为了他将来离尘出走，所做的禅悟铺垫。他之所以留恋红尘，不是因为舍不得万贯家财，而是放不下心中的情爱。当他失去了"世外仙姝寂寞林"，空对着"山中高士晶莹雪"，心绪再也难平。加之盛极一时的贾府，大厦一朝倾，贾宝玉落得个"贫穷难耐凄凉"的下场。他再也不是那个被繁花簇拥的风流少年，所谓春荣秋枯花折磨，生关死劫谁能躲？

一部《红楼梦》，处处禅机，遍布佛理。几百年来，又有多少人可以参透其间的玄机？就如同作者所写："都云作者痴，谁解其中味？"这里的味道，是禅味，是世味，是情味？贾宝玉最后归向佛门，其实并非是以悲剧告终，只不过了断尘缘，还清宿债，而选择一种释然的方式。林黛玉一死，他也扑灭了韶华，寻找梦醒之后的归宿。走至穷途末路，放不下的，也要放下；舍不得的，也要舍得。

　　"看破的，遁入空门；痴迷的，枉送了性命。好一似食尽鸟投林，落了片白茫茫大地真干净！"人世浮华，如同红楼一梦，镜花水月，转瞬即空。

人生若只如初见

木兰花令（拟古决绝词）

人生若只如初见，何事秋风悲画扇。

等闲变却故人心，却道故人心易变。

骊山语罢清宵半，泪雨零铃终不怨。

何如薄幸锦衣郎，比翼连枝当日愿。

——清·纳兰容若

    已记不清第几次读到这句诗：人生若只如初见。也记不清有多少人，走过一段红尘岁月，生出过这样的感叹。每当读起这句诗，唇齿间都滑过一种无奈的薄凉，一种沧桑的况味。其实两个人在光阴下并肩行走，到最后难免一前一后，起先或许会等待，后来于花开的陌上，又会与另一个人相逢。不由自主地远离，并不算一种背叛，人生本就萍聚萍散，我们应当相信，所有的相爱和相弃都是情非得已。

或许我们常常会问自己，这世间到底有什么不会改变？都说真实永恒的是大自然的风景，可人世风云万象，千百年后，我们是否还能肯定，青山绿水真的从未有过任何改变？人的一生，都有过一段或几段美丽的初见，只是再深厚的情感，也禁不起时光的摧残。情缘如同草木的一生，荣枯有定，你拥有过花开的幸福，就要接受花落的清冷。所有的情感，都抵不过光阴的流转，看着年华老去，我们是这样无能为力。

喜欢纳兰的词，是因为纳兰知晓每一个人的心意，他的词句，带着一种早慧的清凉。当我们还沉浸在蜜糖一样的爱恋里，对某个人深情地许下山盟海誓，他已经参透了命运的玄机。我们都是这世间华丽的青衣，无论导演了怎样煽情的戏，都是那么不合时宜。没有谁可以承诺，自己可以永远如初，如初时那样纯一，如初时那样温情。雪泥鸿爪，秋波荡漾，我们去哪里寻找没有痕迹的路径，纹丝不动的树叶？

纳兰的这首拟古决绝词，是以女子的口吻来叹怨男儿的薄

情。既知情薄，不如与之决绝，好过无谓地纠缠。班婕妤本是汉
成帝最宠爱的后妃，可赵飞燕的倾城一舞，就让她成了秋后的团
扇，再也得不到汉成帝的百般怜爱了。她深知，人心一旦变了，
就再也回不到最初，于是抛却了过往的风华，独自在冷宫，度完
余下的岁月。汉代才女卓文君亦是得知司马相如有纳妾之意，才
会写下"闻君有两意，故来相决绝"的《白头吟》。这世间多少
爱情，都是姹紫嫣红的开始，秋风画扇的结局。

　　唐明皇和杨贵妃在七夕之夜，于骊山华清宫长生殿里盟誓，
愿世世为夫妻。他可记得，多年以前，和梅妃也曾许下过情深如
许的誓约。又可会知道，不久之后的安史之乱，他在马嵬坡亲赐
杨玉环毒酒一杯。曾经他可以不要江山，只要美人，后来却舍弃
美人，力保江山。多少人明明知道自己守不住誓言，却还要乐此
不疲地许下承诺，以为这样就可以给爱情戴上艳丽的光环。人的
心最脆弱，也最容易变，一点风吹草动，就扼杀了所有的前尘过
往。很多时候，怪怨别人不如当初，其实你也早已丢失了当年的
自己。

　　纳兰写这首词的时候，并非在数落别人，也不是在责怪自
己。他一生中，有过三段铭心刻骨的爱情，每一次结束，都意味
着另一段感情的开始。若说辜负，他究竟辜负谁最多？是青梅竹

马的表妹？是相敬如宾的爱妻？还是他引为知己的江南才女沈宛？佛说，世间所有的情缘，都有前因，这些女子，都是他前世种下的因，今生才得以遇见。无论谁欠了谁，人生的账本记得清清楚楚，无论轮回转世多少次，该断的终要断，该清的终要清。

初时美好的相见，是因为前世情缘未了；后来的各自嫌弃，是因为缘分走到了尽头。也许我们做不到"只要曾经拥有，不在乎天长地久"，但亦无须虚情地品尝一杯隔夜的苦茶。在开始的时候，别问结局会如何，就算寡淡散场，至少还可以守着一份回忆，相伴白头。残缺亦是一种美丽，多少人为了等候一秋的落叶，熬过一个青葱的夏天。

我们每一天都要在红尘中遇见，今天你装扮着我，明日我又装扮着你，谁也无法分辨出，究竟是谁背叛了谁。在人生的终点翘望最初的缘分，永远都会觉得，是自己没有好好珍惜。我们总喜欢视错过为美丽，把得不到的当珍宝，忽略了现在拥有的才是最简单的幸福。没有谁一开始就知道，喜欢喝哪杯茶，只有品过了百种茶味，才明白哪一杯属于自己。百媚千红的春天，你只有走过了，才知道哪一朵是自己的。

爱一个人，不要抱得太紧，任何时候都要给对方足够的空间，因为彼此需要自由呼吸。分手了，不一定要哭泣，勉强在一起，只会徒增伤悲。决绝是一种错误的做法，因为有一天你必定还要经历开始和结局的轮回。记得阳光的温暖，忘记风雨的寒凉；记得月圆的甜蜜，忘记月缺的孤独；记住他千般的好，忘了他诸多的坏。做一个懂得感恩的人，也许每一天，都可以拥有初见的美丽。

纳兰容若信佛，渌水亭中的莲，早已提前告诉他三生三世的因果。他的一生，就是一本词集，扉页是梦的开始，尾页是禅意的清醒。走进词中的人，时而会被他迷惑，陷入他布下的棋局；时而又会被他度化，早早地明白生命的谜底。人生其实很公平，我们无须刻意去记住每一次相聚，也不用计较每一次别离。时光的碎片将我们划伤，请低首微笑，下一程的山水，又会是云淡风轻。

其实想回去，就能回去，一无所有的时候，还可以重新拥有。把没有读过的词读完，把没有爱过的人再好好爱一次。告诉佛，我们是一些为了情感流落他乡的人，等到写下故事的最后一个章节，一定膜拜在他的脚下，长跪不起。

不负如来不负卿

曾虑多情损梵行，入山又恐别倾城。

世间安得双全法，不负如来不负卿。

——清·仓央嘉措

在遥远的西藏，那个离天很近的地方，有这么一个人，一个僧人，总会让我们想起，并且每次想起，都会莫名心痛。他叫仓央嘉措，是西藏历史上著名的浪漫诗人。他用短暂的一生，写下永恒的传奇。那里的雪域群峰，那里的云海草原，以及苍鹰、经幡、牛羊，因为他，而有了诗意，有了情感。他的存在，让原本就深邃神秘的土地，更添梦幻般的神奇和美丽。

多少人，为了这个名字，背着行囊，不辞万里，一往情深去将他寻找。只是世事沧桑，烟云尽散，又能寻找到些什么？那里的每一寸土地，似乎都遗留着他寂寞的影子，可我们伸出双手，又什么都抓不到。飘曳的经幡，转动的经轮，以及那些沉默了上百年的文化，能告诉我们什么？而我们，如此跋山涉水，在青天下虔诚地膜拜，又能给他留下些什么？不过是天南海北带来的尘土，又被岁月一次次掩去痕迹。

我们可以看到苍凉的荒原，开出朵朵素雅的格桑花，却不能将沉睡的灵魂，在蓝天下悄悄唤醒。其实，他早已离开，他的灵，他的心，还有他的肉身，已经远离了这里，去了一个叫西方极乐的净土。那里只有长年不散的云烟，和端坐在云烟中的莲台。我知道，他不愿意，他舍弃不了百媚千红的红尘，舍弃不了一花一叶的人间，舍弃不了缠绵悱恻的情爱。无奈命定，他前世许是佛前的青莲，或是一盏香油灯，因为潜心修炼，今生注定为僧。他抵不过因果业力，只能接受轮回的苦楚。

罗桑嘉措的辞世，改写了仓央嘉措一生的命运。倘若没有罗桑嘉措的亲信弟子桑结嘉措的私心之举，十五年后，仓央嘉措或许不会被选为"转世灵童"。无论是命运的阴差阳错，还是他今生该受的果，总之天意难违，他别无选择。这个俊朗少年，有着与生俱来的慧根和超绝的悟性。这一切，只是他风云人生的开端，固执的命运，不听任何人的劝解，朝着它要抵达的方向，步步紧逼。

仓央嘉措原本出生在西藏一个普通农户家庭，双亲俱在，日子简单，宁静平和。他有着和许多年轻人相同的梦，梦想和心爱的女子，守着一轮清月，一湾流水，一朵白云，一片草滩，几只牛羊，平安度日。他放牧羊群，在草原上，遥望一只扶摇万里的苍鹰。她为他洗手做羹汤，生一双天真可爱的儿女。他要的，只是世俗中最平凡的幸福，看一朵格桑花开，和一只羊对话，写自己喜欢的诗，爱自己想爱的人。

然而，世人将他捧至神佛的高度，在无可奈何之下，他只能接受万人的顶礼膜拜。他有佛性，能够轻易抵达慈航彼岸，可以度化众生。可他亦能彻悟爱的真谛，愿意为心爱的红颜，粉碎成灰。他活得清醒，爱得有担当，他在出世与入世中辗转，他的性灵，其实早已抵达涅槃之境，也超越现实的樊篱。他敢说爱，在通往佛界的道路上，他是孤独的，没有同行者，没有唱和者，因为他背负着人世间最沉重的爱，所以这条道路，注定铺满了荆棘。

身陷荆棘，只要禅心清澈，就真的不会受伤吗？不，他伤得比任何人都要重，痛得比任何人都要深。不然，他不会写出这样刻骨惊心的诗句："世间安得双全法，不负如来不负卿。"不会有人懂得，他端坐莲台之上，心系红尘的苦痛，可他就是这样义无反顾，做一个情僧，在禅定的日子里，写下缠绵悱恻的诗卷。仓央嘉措，他不需要历史的证明，不需要世人的认可，只将自己的心，研磨成汁，洒向世间每一个角落，让荒芜之地，也遍开情花。

情花有毒，既会让人中毒，亦可为人解毒。一个至情之人，又怎么会在乎，自己服下去的是毒药还是解药。仓央嘉措，他毅然决然地服下宿命的情花，甘愿做佛前的僧，做凡尘的人，也不负如来，不负红颜，不负帝王，不负众生。可众生负他，他身居西藏政教首领之位，受万民膜拜，却不能掌握政权。他从十五岁开始，到生命结束，都只是桑结嘉措的傀儡。一颗被人摆弄的棋子，连选择黑白的权利都没有。别人拿他做了政治上的一场赌注，最终，他血本无归，赔上了年轻的生命。

康熙帝一道旨令，命人将仓央嘉措解送北京予以废黜。在赴京的途中，他病逝于青海湖，将生命托付给那湛蓝纯净的湖水。然而，仓央嘉措的死因，又成了一个永远的谜。传说他病逝于青

海湖；又说他在路上被政敌拉藏汗秘密杀害；也说他被清帝囚禁
于五台山，抑郁而终；最后一种是许多人愿意接受的：好心的解
差将仓央嘉措私自释放，他做了青海湖畔一个普通的牧人，诗酒
风流，过完余生。这些传说，不过是人们给这个富有传奇色彩的
情僧，描上一抹神秘而浪漫的底色。这样，说故事的人，说得更
加动听；听故事的人，深陷感动。

总之，仓央嘉措死了，无论是喜登极乐，还是和世间平凡之
人一样，接受转世轮回，都不重要了。他并非耐不住莲台的寂
寞，只怪情根深种，心难自持。他这一生，活得太真，太痴，亦
太美。多少人，匆匆赶赴这里，不为修佛，不为超度，只想和他
结一段缘分。

你见，或者不见我

我就在那里

不悲不喜

你念，或者不念我

情就在那里

不来不去

你爱，或者不爱我

爱就在那里

不增不减

你跟，或者不跟我

我的手就在你手里

不舍不弃

来我怀里

或者

让我住进你的心里

默然相爱

寂静欢喜

他的心，早已住进了别人。来的时候，或许也没有人期待任何的回报。烟尘杳渺，我们已经找不到仓央嘉措遗留下的痕迹，好在并非一无所有。让我们装一罐青海湖的水再离去，待到将来，饮下，或封存。草原上，有一只瘦小的羊，抛下留人的目光，还有一株招摇的草，为你我淡淡送别。

一切有情，都无挂碍

过若松町有感示仲兄

契阔死生君莫问，行云流水一孤僧。

无端狂笑无端哭，纵有欢肠已似冰。

——清末民初·苏曼殊

安静的夜晚，有浅浅的月光，无意间，想读一个人，一册书，一段不惊不缓的故事。也许不需要捧在手心，只放于桌案，就能闻到册页里，文字的呼吸。每一个字，像花一样开放，也像泪一样流淌，书中的情节如沧浪起伏，而书中的人，始终波澜不惊。仿佛总有一个声音在说："落下的樱花，叫醒梦中人，原来我，依旧在红尘。"

他是苏曼殊，一个与樱花结缘的男子，又是与莲花结缘的僧人。他的一生，半俗半僧，半僧半俗，旷达不羁，放浪形骸。他似乎比任何人都贪恋凡尘，贪恋感情，贪恋美食。他可以徜徉在花街柳巷，怀抱美人；亦可以在摩肩接踵的人流中，寂静无声。他在灯红酒绿的都市喝酒吃肉，又在古刹禅林相伴黄卷青灯。这样一个在槛内和槛外往返奔走的人，披着袈裟，背负情爱，我们对他该怀着一种敬佩，还是一份讥嘲呢？

也许，他矛盾的思想，错乱的做法，是红尘中许多人的通病。所以，面对他无端的哭笑，无端的来去，我们无法振振有词地去责怪他，甚至连原谅都是胆怯的。他的率性，他的直白，正是我们无法抵达的真。多少人，用坚强掩饰懦弱，用微笑遮住悲哀，用浮华装饰落寞。只有在无人的时候，才敢剖开自己的灵魂，让它舒畅地呼吸。甚至有些人，卑微到连正视自己的勇气都没有。苏曼殊几度出家几度还俗的这种境界，亦是常人难以企及的高度。

有这么一首诗在纸端跳跃，牵引我寻觅的眼眸。"契阔死生君莫问，行云流水一孤僧。无端狂笑无端哭，纵有欢肠已似冰。"我们仿佛看到，一个孤独的僧人，像天上的流云，亦像河中的流水，来去自如。他和谁生死相守，与人无尤。无端欢笑，也莫名地感伤。这里的"契阔死生",来自《诗经》:"死生契阔,与子成说。执子之手,与子偕老。"张爱玲借范柳原的口称它是最悲哀的诗,然而它的人生态度又是何等肯定。苏曼殊的处世之态亦是如此,他在悲哀的情绪里,又肯定自己的人生态度。

他是佛门弟子,所为却与佛家的淡泊超然,大相径庭。他可以端坐在蒲团上,不念经,不修行,却无端狂笑,无端哭泣。他可以大步流星地走出庙宇,拿着钱财到青楼去,和红颜交杯换盏。他不爱菜根,爱酒肉;不爱经书,爱美人。他居住在寂静的寺庙,却为破碎河山热血沸腾。他的个性,一直都是我行我素,红尘之内不能将他束缚,红尘之外也无法将他羁绊。有人说他有情,为心爱的红颜,遁入空门;有人说他无义,这一生,心中只有他自己。

也许这一切,都跟苏曼殊的人生经历相关。他出生在日本,身上同时淌着高贵和卑微的血液。父亲生于名门望族,母亲是一个平凡的日本女人,两人私通,生下了他。六岁那年,他被带回广州家乡。小小年纪,受尽族人凌辱。青年时去日本求学,与一个若樱花般美好的女子相恋。后因家人阻拦,女子跳海自尽。他是一个被命运牵扯的人,摆脱不了生命里一些无由的因果。他想死心塌地地做一个凡尘俗子,大口大口地吞噬人间烟火,佛祖却一直将他召唤——只因前世未了的佛缘。他只想做一个彻底的人，一个为自己心性而活的人，可理性总被梦幻淹没，梦境又被现实催醒。他的悲哀，也只有他自己深尝。

尽管如此，历史给了他一个极高的评价，情僧、画僧、诗僧、革命僧。我从来都不觉得他是个有情之人，可他又分明不是无情的人。也许他一生，只真爱过一次，而人们总喜欢将短暂幻化为永恒。仿佛被祭奠的爱情，才能刻骨难忘，而拥有的，总有一天会相弃。他满腹才华，诗画风流，格调不凡，意境深邃。他一生爱国，纵使遁入空门，也不忘革命，多少次，将自己陷进反清活动的浪潮中，用他的诗篇警醒世人。袈裟披身，并没有换来清净和安稳，依旧是一世风雨，一世孤独。命运从来不肯善待他，甚至对他比寻常人更加苛求。他坚持做一个爱自己的人，不辜负来之不易的人生。

许多人，对于他的死，怀有莫名的感叹。他贪吃，几乎和他的才名相齐，平生嗜糖如命，多少次从庵庙里借钱，甚至偷钱，就为了买糖吃。据说在窘困难熬时，取锤敲落镶金的门牙，血肉模糊地就拿去换糖。这样一个任性妄为的痴僧，我们不知道是该怜惜，还是该斥责。他死于胃肠病，那一年，三十五岁，世人给他的死因，下了一个定论：贪吃。这并不算是一种过错，他的死，却需要我们用雅量，来宽容，来谅解。

苏曼殊是一只飘零的孤雁，三十五年的红尘孤旅，他给自己留下八个字："一切有情，都无挂碍。"写完，他安静地合上了双眼，一切荣辱，再不相关。然而，他的死，却比他的生，更让人铭记，甚至带着某种浪漫的传奇。他的尸骨，被葬于西湖边的西泠桥。西泠，江南名妓苏小小的西泠。也许是因为他生前流连于青楼，和歌妓有着难解的情缘。苏曼殊的墓和苏小小的墓，隔水相对，相隔千年，他们是否可以魂魄相通？那时候，苏曼殊是否还会生出一声感叹：恨不相逢未剃时？

人的一生，是多么孤独，也许万物都以我们为邻，可我们，常常不能与它们情感相依。以前很喜欢知音这个词，觉得是一片绿叶的纯净，是一朵花开的幸福，是一米阳光的温暖。如今却认为，行云流水的一世，只有影子，是自己的。

渡口，一场淡淡的送别

送别

长亭外，古道边，芳草碧连天。

晚风拂柳笛声残，夕阳山外山。

天之涯，地之角，知交半零落，

一瓠浊酒尽余欢，今宵别梦寒。

——李叔同

"长亭外，古道边，芳草碧连天。晚风拂柳笛声残，夕阳山外山……"在这个淡淡的初秋日子，听一首《送别》，那些远去的往事，恍如昨天，却又真的好遥远。滔滔红尘在身边流过，我们只是拥挤的人群中，一粒微细的粉尘，是时光长河里，一朵渺小的水花。今天还在把酒欢聚，明日却在渡口送别。你以为别人将你铭记，其实他早已忘了，你以为别人会将你忘却，其实你一直深藏于他的心底。

曾经有人说，想看看我真实的容颜。我是这么回答他的："我就是打你身边匆匆走过的路人，那么多的路人，每一个都是我，每一个又都不是我。"这么说，并不是话语里含有多少玄机，只觉得，来到人间，不是为了将谁忘记，也不是为了将谁记起。虽说人生百态，各有各的容颜和气质，却终究只是平凡的人，平凡地相爱，平凡地相离。每一天，凡来尘往，只道寻常。

这首《送别》是李叔同写的，他是一个传奇人物，是历史上著名的弘一法师。淡淡的笛音吹出淡淡的清愁，有人在离别的路口，深情地遥望，忧伤滑落，溅湿遍地芳草。一场人间的别离，寄寓一段美好的缘分，缘来花开，缘去花落，这样的别离，连疼痛都是柔软、美丽的。禅意在纸端，浅浅洇开，宁静淡雅，似兰草低语。这首曲子，适合在秋天倾听；这首词，适合在秋天朗读；这段缘分，适合在秋天结束。

一首舒缓的曲子，曾经感动了他自己，也感动了别人——熟悉的人，陌生的人，多情的人，薄情的人。多少人，为了感受这段美丽的忧伤，宁愿接受一场别离。在长亭外，古道边，折一枝被晚风轻拂过的细柳，交给故人，无须言语，无须拥抱，只交换彼此深情的眼神。有人走远，有人还在守望，离去的背影，比岁月还要长。一定还会相逢，那时候，把相思的甜蜜，都吐露给对方，打开时光的窖酿，在月色下，啜饮这一小盏红尘的情爱。幽淡的芬芳，有如一枝雅洁的梅花，在心底绽放。

为何一个淡然处世的高僧，会有如此情长的送别？有人说，是因为他走过滚滚红尘后生出的淡然。李叔同，这个名字，就像芳草洒遍田野阡陌。他是一代风流才子，在音乐、书法、绘画和戏剧方面，都有极高的造诣。他是一个从绚烂至极复归于平淡的人。他在红尘中，风云不尽，写秀丽潇洒的字，描生动传神的画，谱优美委婉的曲。他甚至穿上戏服，亲自扮演话剧里的人物，他是这样无所顾忌地，在舞台上演绎自己的人生。

尝遍了繁华，李叔同决然离尘，跨过那道世人认为难以逾越的门槛，住进了高墙。从此黄卷青灯，暮鼓晨钟，那么洒脱，那么坚定。他是一个智者，清醒地认识自我，超越自我，也完善自我。张爱玲说过："不要认为我是个高傲的人，我从来不是的，至少，在弘一法师寺院的围墙外面，我是那样谦卑。"是的，在这个天才面前，我们的灿烂，也是灰暗无华的，我们的从容，也添几分急促。你的锋芒，要随之钝化，你的骄傲，要随之谦卑。他的人生，就像他笔下的字，没有雕琢之痕，平淡、恬静、朴实。在凡尘，他是风云才子，在佛界，他是孤云野鹤。

不是每个人，都可以做到遗世独立，在最灿烂的时候转身而去，需要勇气，也需要悟性。李叔同选择出家剃度，是为了削去世间的纷繁和苦恼，他参禅，参得彻底，不让自己有丝毫纠缠的意味。他皈依自心，超然尘外，在云水生涯里，做一名纯粹的僧侣。他就是一壶用平常心烹煮的淡茶，淡中知真味。他也是一部无字的经书，在白色的宣纸上，悟出深邃的禅意。他又是一块温润的老玉，积岁越久，越是光洁。他涵容待人，恬淡处世，在无意的日子里，感染每一颗凡心，让我们也随之淡定平和。

然而，让我感动的，不仅是这些，更是弘一法师的悲悯之心。他出家后，戒去奢华，一切从简。以虚养心，以德养身，以仁义养天下万物，以道养天下万事。据说，他生前每次坐藤椅之前，总要先摇晃一下，避免藏身其中的小虫被压死。临终之时，要求弟子在龛脚垫上四碗水，以免蚂蚁爬上尸身，不小心被烧死。这样微妙的细节，像是流淌在漫漫山河的一粒渺小的水珠，我们却被感动得热泪盈眶，一个轻微的碰触，就会掉下来。

笛音淡淡，若有若无地诉说有梦的当年。每次听这首《送别》，总会想起由林海音的《城南旧事》改编的同名电影，曾经唤醒无数人童年最真的梦。影片里出现了《送别》这首歌，听过的我，今生再也不能相忘。我依靠这么一首曲子，一遍又一遍地回忆，而那段远去的城南旧事，被一个又一个人捧读，难以言说的悲伤弥漫。我像是一朵被月光惊醒的睡莲，刚才还在梦里，此刻又骤然清醒。今天的我，容颜更改，昨天的城南，只老去那么一点点，一点点沧桑。

一扇秋天的窗，有清风悠缓地踱步，有阳光舒淡地铺洒。还有一个人，倚着窗，看窗外一枚纯净的秋叶，轻轻地，落在谁的怀中。为了这支曲子，我愿意，接受一场离别，躲开温暖的怀抱，让自己静静地走远。

如果恰好打江南经过，你看到一个手持柳枝的女子，请不要询问她的名字。你看她，漫不经心地守望在城南的渡口，不是期盼相逢，而是等待送别。

第六卷 ◎ 隔世红颜

世间所有相遇——都是久别重逢——

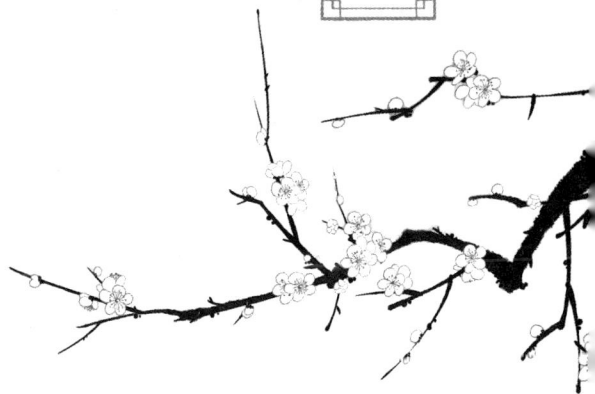

万顷河山，当是黄粱一梦

从驾幸少林寺

陪銮游禁苑，侍赏出兰闱。

云偃攒峰盖，霞低插浪旗。

日宫疏涧户，月殿启岩扉。

金轮转金地，香阁曳香衣。

铎吟轻吹发，幡摇薄雾霏。

昔遇焚芝火，山红连野飞。

花台无半影，莲塔有全辉。

实赖能仁力，攸资善世威。

慈缘兴福绪，于此罄归依。

风枝不可静，泣血竟何追。

——唐·武则天

一个人从出生开始，就像放逐的轻舟，在茫茫人海飘悠。千辛万苦，跋山涉水，就是为了赴前世的盟约。哪怕命途多舛，走了无数条岔道，最终还是会抵达那个属于我们的地方。一定会有一个港湾收留你我，无论那里是万众瞩目的天堂，还是万劫不复的地狱，抑或是一处平淡无奇的角落。轻舟靠岸，港湾就是我们最后的归所，在那里，有我们今生需要完成的使命。

仰望星辰，看皓月当空，从古至今，多少朝代更迭，帝位更是频繁地换，而众星环绕的月亮，却依旧如初。那个雕龙宝座上，只能坐一个天之骄子。为了争坐龙椅，抢夺权杖，多少人踏着别人的尸骨前行，仿佛要负尽天下人，也不能辜负江山。这让我想起一位巾帼不让须眉的女子，中国历史上唯一一个女皇帝——武则天。她为了权位，搭上了一辈子的光阴，最后终于如愿以偿，创造了神话般的奇迹。

封建统治下，男尊女卑的风俗，延续了几千年。而武则天，身为一个地位卑微的女子，却可以脱颖而出，用她的雄心粉碎了温柔，从一个平凡的才人，成为君临天下的帝王。其间付出的艰辛与代价，亦是常人所难以想象的。春秋、战国，直至隋唐，多少乱云飞渡， 代一代的帝王退出历史舞台，连同他们的霸业，也随风消散。当年的唐朝，迎来了前所未有的辉煌，这样一个盛

世，演绎了一个又一个惊心动魄的故事。武则天成了盛世里一颗
璀璨的星辰，就如同她的名字，武曌，隐喻日月当空，光芒万丈
这一磅礴景象。

武则天出身平凡，父亲武士彟只是一个商人，为了理想而从
军，有幸结识唐高祖李渊，官运亨通，武德三年升正三品工部尚
书。武则天童年时跟随其父在各地生活，聪慧好学，喜读文史诗
集，颇有才气。十四岁入宫，成为唐太宗的才人。她凭借绝代
的姿容确实得到了唐太宗的宠爱，赐名武媚娘。可是后宫佳丽
三千，她与唐太宗的缘分注定是短暂的，不久后就被冷落了。武
则天做了多年才人，从豆蔻梢头熬到风华正茂。唐太宗病重期
间，她和唐太宗之子李治，也就是后来的唐高宗，结识并生出了
感情。也正是这个文弱的男子，改变了武则天一生的命运。

武则天信佛，她相信自己与佛有缘，所以许多事，冥冥中自
有定数，她认为自己在按照佛的旨意行事。当朝中反对声似浪卷
潮涌时，武则天在佛教经典《大云经》中找到了女人称帝的依
据，为自己称帝寻找说辞。唐朝是个盛行佛教的朝代，帝王大肆
修庙，佛文化如同那个灿烂的王朝一样，有着盛况空前的辉煌。
武则天曾陪伴唐太宗去过少林寺，并有诗为凭。在洛阳西苑内踱
步时，她看着自己的影子，怎么也不会想到，这里将会是自己称

帝的地方。这不是戏剧里编排的一出戏，所有的一切，都真实地发生过，史书就是见证。

有人说，若不是唐太宗驾崩，武则天被迫到感业寺出家为尼，在佛前参悟，沾染性灵，之后她也登不上皇帝的宝座，做不了女皇。世间之事，本就暗藏玄机，虽说每个人的命数都遵循星相，但依旧有许多我们猜不透的谜底。就如同武则天的心，那深邃如海的心，一颗女人心，比男子还要旷达辽阔。她凭借唐高宗对她的深爱，离开了感业寺，寺庙只是她人生的驿站，而灯火辉煌的大明宫，才是她的归宿。

重归宫廷的武则天，有如拨云见日，她不再平淡，心中一丝欲望的火苗，就点燃了大唐本就炽热的天空。唐高宗对她的宠爱，成了武则天参与政治的砝码，唐高宗的懦弱，让她对帝王的宝座生出觊觎之心。成功地战胜王皇后和萧淑妃后，在后宫，她就是那个自由的摆渡人，掌握着自己的命运。唐高宗的病弱，使得武则天处理朝政的机会越来越多，表象上是她为高宗出谋划策，内里高宗则是武则天的棋子。到后来，唐高宗甚至将大唐散落的江山，任由武则天只手摆布。

武则天就是这样，从武才人到武昭仪，再到武皇后、武天后，直至登上帝王宝座。这一路万水千山，历经无数险境，她以惊人的毅力克服，待别人遥望她时，她已驾轻舟，驶过万里蓬山。载初元年（690年），武则天废睿宗，自称圣神皇帝，改国号为周，定东都洛阳为神都，史称"武周"。武则天以六十七岁的高龄，君临天下，成为中国历史上唯一一位女皇帝。那些堂堂男儿，虽心有不甘，在不能更改的局势中，他们也只能暗自兴叹，俯首在一位女人的脚下，高呼万岁，看着她坐拥河山。

六十七岁，对一个女子来说，已是风烛残年，武则天的春天，却从此时开始。她以非凡的魄力，使唐王朝日益走向鼎盛，虽亦有许多的弊端，但乌云终究遮不了明月。这位绝代风华的女性有过真正的爱情吗？电视剧《至尊红颜》里说她与李君羡有一段奇缘，刻骨铭心地爱过，史书上却不是如此。她一定爱过，或许爱过唐太宗，爱过唐高宗，以及晚年身边从未缺过的风流倜傥的男宠。但是这些人，都只是她生命中的过客，用来点缀繁华背后那枯寂的生活，其实，她最爱的是她自己。一个爱自己的女人，才会有如此魄力，舍得辜负所有人，夺取帝王之位。

她始终坚信，这是佛的旨意，佛引领她走向人间至高无上的位置。她彻悟的心，可以将世相看得清清楚楚，大唐的万顷河山，就是一场李氏和武氏的赌局。然而世间万物，皆有因果，武则天将赢取来的筹码，挥霍而尽时，也是她归还的时候。八十二岁高龄的她，再也禁不起任何争夺，她放弃了江山，昨日的盛况，只当是黄粱一梦。

失去了江山，武则天也失去了活着的意义，在她使命终结的时候，生命也走到了尽头。她辉煌的一生，被记载在一块无字碑上。这块无字碑，究竟表达了什么，众说纷纭；而任何说法，都无法涵盖武则天的一生。只有她自己知道，是佛教她放下一切，任凭河山是多么千娇百媚，一旦离去，都成了虚空。武则天的存在，不过是给大唐的史册，添了一页壮丽的插曲；不过是给万佛的胜境，添了一缕缥缈的云烟；给泛白的岁月，添了一抹亮丽的颜色。

雨中秋菊，循香而落

云条无复剩根芽，此夕摧残一剑加。

惊魄与魂应共语，有生莫坠帝王家。

——佚名

此刻，是仲秋的午后，泡一杯苦茗，隔帘听雨，许多沉淀的思绪，被无由地牵引而出。窗外，那株雨中的白菊，它的淡雅，远胜过我平淡的年华。都说雨天适合无端地怀想，人的思绪，有如寥廓的苍穹，可以装载浩瀚的日月星辰。也许每一个闪烁的片段，都没有缘由，却扣住一段因果。

比如此时，看到菊花，我想起了帝女花。帝女花是菊花的别称，而菊花的神韵，是凌霜盛开，一身傲骨不落俗尘。自古爱菊之人无数，事实上，每个人的一生都在寻找某种寄托，花草树木，飞禽走兽，万物之中总会有一种生灵属于自己，和你我情感相契。陶渊明的菊，林和靖的梅，周敦颐的莲，都是如此，隋炀帝开运河坐龙舟，也是为了江南的琼花。无论你是帝王将相，还是布衣百姓，花草虫鸟于我们不分贵贱，所能给的情怀，是一样的真。

帝女花，令我想起了明崇祯帝的长平公主，一个富有传奇色彩的人物。其实长平公主自身也许并不传奇，她不过是深宫里一位养尊处优的公主。倘若不是因为她生在大明王朝末代，国破家亡，她会和别的公主一样，过完华丽又平淡的一生。何其幸运，生在帝王之家，有着高贵的血统，注定了此生不同凡俗的华贵。又何其不幸，生于帝王之家，遭遇亡国之恨，尊贵的公主不及一个农女幸福安稳。同样是帝女花，熬煮成一杯茶，有些人喝下去是砒霜，有些人喝下去是蜜糖。

长平公主喝的是一杯砒霜，剧毒无比，侥幸没死，却也落得在风尘中辗转漂泊。如果没有那场残酷的夺位之战，长平公主应该是一个幸福的女子，生在深宫，自小就戴着耀眼的花环，有着尊贵的地位。十六岁那年，崇祯皇帝选周世显为她的未婚夫，即将成婚时，皇城陷落。她的人生还没开始，就行将落幕。如若没有这场变故，她应该有一段美好的爱情，守着俊朗的夫君，生一双儿女，在红墙碧瓦的侯门过完锦绣的一生。

事与愿违，历史这把利刃，不分青红皂白，无情地削去它认为多余的部分，留下它所需要的部分。所谓胜者为王，败者为寇，这天下，是天下人的天下，不同朝代，都会有人站出来争夺。只要有担负天下的能力，有收复河山的气魄，有统领万民的霸气，他就是叱咤风云的王者。大明的天下，就如同日落的太阳，终究抵不过西沉的命运。而生于这个时代的人，注定要为这个没落的王朝付出代价，曾经歌舞升平的皇宫，转身就成了人间炼狱。

崇祯帝于慌乱中来到寿宁宫，长平公主拉着父皇的衣襟哭泣，崇祯帝悲叹道："汝何故生我家！"多么沉重的一句话，在危难之时，这句话涵盖了太多的无奈和悲哀。也许是因为长平的眼泪，或许是因为对她的偏爱，崇祯拔剑斩断了她的左臂，不忍再睹便仓促离开。而后崇祯去了昭仁殿，杀死了昭仁公主。五日后，长平公主在断臂之痛下，奇迹般地复活了。

大明王朝早已在流逝的岁月中，寂灭无声，而长平公主的血，泼染在史册上，斑斑印迹，至今未干。世人都很想知道，这位落难的断臂公主，国破家亡后，等待她的又是怎样的命运。是的，长平公主，你究竟去了哪里？关于她的去向，史书、戏曲、小说，演绎纷繁。有记载她被清顺治帝赐婚周世显，并赐以田地住宅、金银车马，可谓对她赏赐有加；可长平公主终究还是无福消受，第二年就得病死去。更有民间传闻，说长平公主醒后，逃离宫中，从此神秘失踪，皈依佛门，成了一座庵里的无名尼姑，永伴青灯。

想来传说更令人心动，一位尊贵的大明公主，成了落魄江湖的尼姑，此番戏剧般的转变，像是对人生的嘲讽。喜欢金庸小说里的长平公主，一是《碧血剑》里的阿九，这位长平公主村姑装扮，气质高贵，行走江湖，爱上袁崇焕之子袁承志，尽显一位没落公主错综复杂的少女情怀；一个是《鹿鼎记》里的九难，这位长平公主被称作独臂神尼，白衣侠女不染纤尘，学得盖世神功，浪迹江湖。虽有心光复大明江山，然以她独臂之力，难以力挽狂澜。梦想就如同水中泡影，此刻还在湖面上绚烂，转瞬已消失无踪。

失去的不能假装没有失去，这位悲哀的公主，是否会常常站在落日楼头，眺望故国的江山，追悼她的断臂？人间多少不平之

事，被排演成戏，最后都以悲剧落幕。只有疼痛，才能让人铭记
于心，就像血，它的醒目，总是刺痛世人的双眼。我们都愿意，
长平公主断臂之后，可以被佛拯救，此后在佛的悲悯下，舔舐伤
口，平静地度过余生。既是长伴青灯，她愤怨的心，终会在莲花
圣境中，渐渐趋于平和。大明江山已是覆水难收，长平公主的不
死，不是为了光复大明王朝，只是为了演绎一段人间传奇。

"云条无复剩根芽，此夕摧残一剑加。惊魄与魂应共语，有
生莫坠帝王家。"这首诗不知是谁为长平公主而写，虽没有禅
理，却涵盖了她一生的命运。也许我们不必去追究写诗之人是
谁，就如同长平公主在每个人心中，都有不同的际遇。有些人，
把她当作小说里的一个主角；有些人，把她当作戏剧里的一个配
角，总之看过就罢了。

在我心中，长平公主就是那位独臂尼姑，可是她没有武功，
也没有复国之心。她只是水月庵里一位无名的姑子，忘记前尘旧
事，放下爱恨情仇，端坐在蒲团上，聆听钟声梵音。你记得也
好，忘了也罢，她不过是一株雨中的秋菊，待季节更迭，她自会
循香而落。

身在空门，
怎奈凡心依旧

西江月

松院青灯闪闪，芸窗钟鼓沉沉，

黄昏独自展孤衾，欲睡先愁不稳。

一念静中思动，遍身欲火难禁，

强将津唾咽凡心，怎奈凡心转盛。

——宋·陈妙常

  "小尼姑年方二八，正青春，被师父削去了头发。我本是女娇娥，又不是男儿郎……"在陈凯歌的《霸王别姬》里，程蝶衣一遍一遍含着血泪唱这首《思凡》，因总唱不对台词，而吃尽苦

头，那情景，让看客心痛不已。这里《思凡》的主角，说的就
是尼姑陈妙常。明代传奇作品《玉簪记》讲述了道姑陈妙常和
潘必正的爱情故事。因为离奇，有人舍得挥毫泼墨，演绎出种
种故事。一时间，洛阳纸贵，戏里戏外，辨认不出真假。都说
人生如戏，看多了别人的故事，有时会不由自主地丢弃自己的
舞台。

空门里没有爱情，他们的七情六欲，被清规戒律挂上了一把
铜锁，禁锢在青灯黄卷中。这世间没有一把钥匙可以开启，又
是任何钥匙都可以打开，你有权选择立地成佛，也有权选择万
劫不复。佛家信因果轮回，信回头是岸，却不知，这些修炼的
人都是世间寻常男女。只因一段梵音或一卷经文的感化，有了
佛缘，他们又如何可以在短时间里，视万物为空，轻易地躲过
情劫？

唐宋，是盛行佛教的朝代，庙宇庵堂遍及全国各地的名山古
迹。参禅悟道，出家为僧为尼似乎是大势所趋，他们爱上了庙堂
的清静，爱上了莲台的慈悲。古木檀香胜过凡尘烟火，梵音木鱼
代替车水马龙，宽袖袈裟好过锦衣华服。陈妙常是南宋高宗绍兴
年间，临江青石镇郊女贞庵中的尼姑。在此之前，也有像鱼玄机
一样的才女出家，也留下过许多风流韵事，但陈妙常出家的初

衷，并不是追逐潮流。她本出身官宦，只因自幼体弱多病，命犯天煞孤星，父母才将她舍入空门，削发为尼。然而她蕙质兰心，不仅悟性高，而且诗文音律皆妙，出落得更是秀丽多姿，美艳照人。这样一位绝代佳人，整日静坐在庵堂诵经礼佛，白白辜负了锦绣华年。

如果说冰雪聪明、天香国色也是一种错，那她的错，是完美。她就是佛前的一朵青莲，在璀璨的佛光下，更加清丽绝俗、妩媚动人。这样一个不落凡尘的女子，对任何男子来说，都是一种诱惑。哪怕身居庙宇庵堂，常伴古佛青灯，也让人意乱情迷。那时候，庵里设了许多洁净雅室，以供远道而来的香客住宿祈福，寺庙里可留宿女客，庵堂内也可供男客过夜。正因为如此，陈妙常的美貌与才情，才让有缘的男子倾慕。她正值花样年华，面对红尘男子，纵是木鱼为伴，经卷作陪，芳心亦会难以自持。

陈妙常邂逅的第一个男子叫张孝祥，进士出身，当年奉派出任临江县令，途中夜宿镇外山麓的女贞庵中。月白风清的夜晚，张孝祥于庭院漫步，忽闻琴声铮铮琮琮，只见月下一妙龄女尼焚香抚琴，绰约风姿，似莲台仙子。他一时按捺不住，便吟下了"瑶琴横几上，妙手拂心弦……有心归洛浦，无计到巫山"这样的撩人艳句。陈妙常却不为他的词句所动，反而把持自己，以清凉之句回应他。张孝祥自觉无趣，悄身离去，次日离开庵里，赴任去了。后每日为公务缠身，却始终不忘女贞庵中，那月下抚琴的妙龄女尼。他常常心神荡漾，平添相思。

张孝祥的昔日同窗好友潘法成游学来到临江县，故人重逢，共话西窗。谈及女贞庵中才貌双全的女尼，张孝祥感叹自己人在官场身不由己的苦楚。而这边的潘法成已听得心旌摇曳，后借故住进了女贞庵中。他总认为，一位才华出众的绝色佳人，甘愿舍弃凡尘的一切诱惑，毅然住进庵里，清心苦修，必定有着不同寻常的心路历程。因住进女贞庵中的别院厢房，与陈妙常便有了几次邂逅的机会。郎才女貌，就算在清静的庵堂，也是一道至美无言的风景。

一个春心难耐的女子，这一次，遇见了梦里的檀郎，自是情思无限，欢喜难言。二人谈诗论文，对弈品茗，参禅说法，宛如前世爱侣。直至陈妙常芳心涌动，写下了这一阕《西江月》。"松院青灯闪闪，芸窗钟鼓沉沉，黄昏独自展孤衾，欲睡先愁不稳。一念静中思动，遍身欲火难禁，强将津唾咽凡心，怎奈凡心转盛。"所有的清规戒律，都被这一张薄纸划破，情思似决堤之水，滔滔不止。松风夜静、青灯明灭的深宵，她空帷孤衾，辗转反侧，早已抛开了所有的矜持和腼腆。只待潘法成读了这阕艳词，也立即展纸濡毫，写下"未知何日到仙家，曾许彩鸾同跨"的句子。

后来有红学家考据，说《红楼梦》中的妙玉是以陈妙常为蓝本写的。其实那些空门中的尼姑动了凡心，大概都是此般情态。妙玉静坐禅床，却神不守舍，一时如万马奔腾，连禅床都摇晃起来。一直以为妙玉的定力非凡，可也难免走火入魔，那魔是心魔，是情魔。像她这等如花女子，一时的意乱情迷，算不上是过错。纵是佛祖，也会有难了的情缘，也无法做到一念不生，万缘俱寂。这世间之人，各有各的缘法，各有各的宿命，强求不得，改变不了。

此后，女贞庵成了巫山庙，禅房成了云雨榻，如此春风几度后，陈妙常已是珠胎暗结。那时的庵庙虽常有男欢女爱之事发生，但大多为露水情缘，难以长久。而陈妙常自觉凡心深动，她与潘郎真心相爱，不愿分离。潘法成为此求助于好友张孝祥，没料到张孝祥竟是通情达理之人，反出了主意，让他们到县衙捏词说本是自幼指腹为婚，后因战乱离散，今幸得重逢，诉请完婚。

张孝祥就是县令，当他接过状纸，问明原委，立即执笔判他们有
情人成眷属。

她离开女贞庵，穿上了翠袖罗裳，收拾起纸帐梅花，准备着
红帷绣幔。此后，巫山云雨，欢眠自在，春花秋月，任尔采摘。

太高人愈妒，过洁世同嫌

世难容

气质美如兰，才华馥比仙。天生成孤癖人皆罕。你道是啖肉食腥膻，视绮罗俗厌；却不知好高人愈妒，过洁世同嫌。可叹这，青灯古殿人将老；辜负了，红粉朱楼春色阑。到头来，依旧是风尘肮脏违心愿；好一似，无瑕白玉遭泥陷；又何须，王孙公子叹无缘？

——清·曹雪芹

在一个慵懒的午后，泡一壶绿茶，清闲地品着。静静地看阳光下飘飞的粉尘，透过窗格，落在手心手背，那么微妙，那么细腻，又是那么柔软。我相信，在这世间寻找一个和你品茗的人很容易，但是要找一个陪你细数分秒时光的人却很难。忙碌的人生，有多少人，甘愿守着现世的安稳，守着生命的贫瘠，而放弃那些一个低眉就会溜走的机遇，一个转身就会错过的缘分。只守着一杯清茶，一个平凡的女子，无争无扰地过一生一世。

这不过是我杯中的茶，一杯落在世俗中的茶，也是我一厢情愿的想法。品茗的时候，总会想起一个寂寞的女子，那个被封印在《红楼梦》中的女子。她会在某个有月亮的晚上，从书中款款走出来，和我静坐，参悟一段菩提的光阴。《红楼梦》里，有关妙玉的情节并不多，可是寥寥几个片段，让人印象深刻。她用一颗洁净的心，来品世间这杯茶，可终究是太高人愈妒，过洁世同嫌。妙玉的开始，似幽兰一样，清芬素雅。妙玉的结局，终究和世间的人一样，归入红尘，如她最喜欢的那句诗：纵有千年铁门槛，终须一个土馒头。

在《红楼梦》里，妙玉的来历，并没有交代得很清晰。第十七回中，林之孝家的说："外又有一个带发修行的，本是苏州人氏，祖上也是读书仕宦之家，因自幼多病，买了许多替身，皆不中用，到底这姑娘入了空门，方才好了，所以带发修行……"这样一个女子，有着如兰的气质，似仙的才情，却因弱小多病，遁入空门，又因缘分际遇，入了贾府。她带发修行，可见她尘缘未了。她喜庄子文章，可见她看清世事，有庄子超然物外的思想。她居花柳繁华地的大观园，却独偏爱清冷的一隅，栊翠庵。

妙玉是寂寞的，与万物众生的交流，只有沉默可以相许，只有经卷梵音可以代替。也许我们并不知道，有的时候，一个人的心，可以贫瘠到连生长一棵草木的土壤都没有，连滋养一朵小花的水珠都没有。她就是这么一个人，安静而禅寂，居住在栊翠庵。看过几度红梅花开，在贾府这座大厦倾倒之前，骤然离去，弄得下落不明。

偌大的贾府，虽有几个人与她性情相投，却终究不是相契无间。一个是做过邻居的邢岫烟，妙玉教过她读书识字，两人也只是师生之谊。一个是惜春，大观园里简单的女子，也许是因为她的平凡，妙玉更愿意与她亲近。但是惜春的资力终究有限，少了些灵气，妙玉可以和她一起下棋讲经，却难以有深刻的交流。还有一个是可以与她心灵相通的黛玉，但二人同为孤僻高洁之人，那份惺惺相惜只能藏掩在内心深处，不可轻易去碰触。如果说妙玉还有一段俗情未了的话，那就是宝玉，可她毕竟身居栊翠庵，是个不与世人往来的高人。宝玉对她纵有爱慕之心，也只能远远地敬重，红尘这把剑，太锋利、太寒冷，任何一个不小心，都会把人伤得鲜血淋漓。为了自己，为了自己所爱的人，距离是安全的港湾。

妙玉似幽兰，用她的高雅和洁净，给贾府平添几许超然的韵味。那日，贾母带着刘姥姥等一群人去栊翠庵品茶。她单独唤去了黛玉和宝钗，宝玉也跟了去。妙玉取出五年前在玄墓蟠香寺收集的梅花雪来泡茶，和他们共品，并且强调了这雪水的珍贵，共得了那一鬼脸青的花瓮一瓮，埋在地下，总舍不得吃，今夏才开，这也就第二回。自古弹琴、写字都要觅求知音，品茶亦是如此。拥有高洁之心，自要与高洁之人同品琼浆玉液，才能体味到茶中雅洁的芬芳和无穷的清韵。就连妙玉拿出来的品茶的器皿，也是件件珍奇精致。她给黛玉和宝钗品茶的器皿，更是人间极品。她虽清高孤冷，但对这两位大观园里才貌最出众的女子，亦心存赏慕。

她用自己常日吃茶的那只绿玉斗，斟茶给宝玉，可见这位妙洁如玉的少女，对眼前骨肉干净的男子有情。还有一次，宝玉在风雪中，去栊翠庵乞红梅。黛玉似乎很了解妙玉，说若跟了人去，妙玉必不给，只有宝玉亲自去才可取到红梅。妙玉当着黛玉、宝钗的面，取自己喝茶的杯子给宝玉，并不避嫌，可见内心清澈洁净，不屑于遮掩。一贯多疑的黛玉对妙玉这般放心，是因为她了解妙玉的为人，懂得她的心性。然而缘分终是注定，妙玉和宝玉只能拥有一段有情过往，藏在心间。

　　妙玉平日只在栊翠庵里喝茶诵经，她错过了大观园里姹紫嫣红的春光，也错过了群芳结诗社的雅致闲情。吟桃花、吟菊花、吟海棠，都不见这位才女的身影。她的诗词，散落在清冷的孤灯下，和一朵莲交换着寂寥的心事。但曹雪芹还是让我们欣赏到她绝世的才情，就在黛玉和湘云于凹晶馆联诗悲寂寞那回。当湘云吟出"寒塘渡鹤影"，黛玉接句"冷月葬诗魂"，被出来游赏皓月的妙玉恰巧听到，说是诗句虽好，但过于凄凉，只因关乎人之气数，所以出来止住。后来邀约她们去了栊翠庵喝茶，续写了她们即景联句的韵。"香篆销金鼎，冰脂腻玉盆……钟鸣栊翠寺，鸡唱稻香村。有兴悲何极？无愁意岂烦？芳情只自遣，雅趣向谁言！彻旦休云倦，烹茶更细论。"素日里才情夺冠的黛玉，赞妙玉为诗仙。可见一块美玉，哪怕蒙上积岁的尘埃，也无法遮挡它的光芒。

　　妙玉的结局始终是个谜，有人说，她被贼人劫持了去，落入风月场、烟花巷。有人说，她流落到瓜洲渡口，红颜屈从枯骨，嫁给了一个糟老头。无论是哪种结局，这块美玉都落入泥淖中。命运仿佛在对一个人的过去，施加惩罚。妙玉曾经因刘姥姥用过她的杯子，心生反感。不是因为她嫌贫爱富，而是她有一颗太高洁的心，她不知道该用何种方式来维持内心的洁净。她怕自己会不小心随波逐流，那份自傲自尊，不容亵渎。就是如此，你曾经对一件事物疏离、厌恶，就会受到命运的惩罚。

妙玉人生的那盏茶，越喝越凉，喝到心里已结冰。一颗冰冷的心，也许不需要多少的柴火，就可以焐暖，只要这一季的红叶。只是渺渺红尘，人海茫茫，谁来捡拾满山的红叶，为她取暖？

绣户侯门女，独卧青灯古佛旁

勘破三春景不长，缁衣顿改昔年妆；

可怜绣户侯门女，独卧青灯古佛旁。

——清·曹雪芹

　　一直以来都认为，听梵音，看经书，悟佛法，是要有一定的人生修为，等到把沧桑都尝遍，把冷暖悲欢都掩藏到不为人知的角落，才能领悟到高深的意境。然而许多落发出家的僧尼，未必都是因为看破红尘，了却尘缘，他们中有一些人是因命运的安排，有些人是因为现实的无奈，有些人是意气用事。但无论是哪种，都意味着他们与禅佛有缘，所以冥冥中，那盏莲灯会指引他们走进般若之门。

　　禅是什么？是在一个清凉的早晨，看一个老人，采摘院子里含露的茉莉；是在一个悠长的午后，看一群蚂蚁，在墙角下辛勤地觅食；是在一个日落的黄昏，看一群燕子，从山水间悠然地归来；是在一个宁静的夜晚，看一盏孤灯，由亮渐渐转淡的过程。

　　说到这盏孤灯，我想起《红楼梦》中另一个与佛结缘的女子。惜春，贾府的四小姐，贾珍的妹妹，她父亲贾敬一味好道炼丹，诸事一概不管。母亲早逝，她一直在荣国府贾母身边长大，也养成了孤僻冷漠的性格。她的命运，被曹雪芹一纸判词定好，就像是一场人生的戏，此后只能随着剧本演绎下去，直到结局。

　　《红楼梦》第五回《金陵十二钗》正册之七，画的是一座古庙，里面有一美人，独坐看经。"勘破三春景不长，缁衣顿改昔年妆；可怜绣户侯门女，独卧青灯古佛旁。"这就是惜春的命数所归，远离侯门绣户，常伴青灯古佛。在我印象里，惜春就是个小女孩，初次出现，说她生得"身量未足，形容尚小"。后来，出现次数也不多，似乎总是淡淡地隐藏在一个不被人关注的角落。像一株害怕风雨的小草，不敢涉世，不敢入俗，自我保护意识极强。

每次诗社联诗，她写得都不出众，仿佛只是为了凑数，跟随在后面，图个热闹。给人印象深刻的，是她懂得绘画，曾经受贾母之命，要画《大观园行乐图》。虽然大家为她的画和颜料、画笔、宣纸等讨论了一番，但最终不了了之。她居住的地方离藕香榭不远，雅号藕榭。藕，与莲荷相关，是有佛性之物。惜春就像一朵还没来得及绽放的青莲，在含苞的时候就弃尘而去，留下她没有画完的画，以及她从来不曾真正开始的人生。

书上说她是个"心冷嘴冷的人"。在抄检大观园的那一回，凤姐带着王善保家的，一群人去惜春住的院子里，翻到了她的丫鬟入画箱子里的"违禁品"时，她不但不帮着求情维护，反而叫人带了去，或打，或杀，或卖，她一概不管。她说："况且古人说得好，'善恶生死，父子不能有所勖助'……我只能保住自己就够了。以后你们有事，好歹别累我。"又说："我清清白白的一个人，为什么叫你们带累坏了！"小小年纪说出此番话，令在场听到的人，不由得寒心。

惜春的冷，难道是与生俱来的吗？她深深懂得人世的混浊，她为求清白洁净，不想被任何人任何事沾染。说简单点，她就是一个怯懦自私的人，她的无情，似乎已经刻在了骨子里。她只能在心中筑起一道无情的城墙，来保护她的懦弱。以她的弱，无法承担这些，只能撒手不管。究其原因，是因为她与妙玉交往甚密。妙玉是栊翠庵带发修行的尼姑，而且是个极具悟性和灵性的女子，她通达明白，懂世情风霜。

惜春喜欢佛，妙玉将她超脱的思想，渐渐地传递给了惜春，让她明白，这人世的薄凉，以及世态的丑陋。然而她的悟性又不及妙玉，所悟到的，只是一些浅显的道理，以为无情地逃离就是超然，却不知，真正的超然，是让自己的心置身事外。如果她真正悟到禅佛的境界，应该是有一颗平静慈悲的心，而不是如此冰冷地对待一个与自己从小一起长大的丫鬟。

《红楼梦》中，惜春两个亲近的朋友，一个是妙玉，还有一个是水月庵的小尼姑智能儿。惜春曾经半开玩笑半认真地说过，以后要剃了头和智能儿一起当姑子去。也许她说这话的时候，已经打算做个如冰雪一样无情的人。不是因为她骨子只有冷血，而是她明白在这个贾府，已经不能奢望得到她想要的温情。与其日后受到伤害，不如早日躲到自己编织的茧里，用岁月无情的丝线，将自己纵横交错地裹紧。宁愿在自己的茧里窒息而死，也不要让别人对她有一丝一毫的伤害。这样一个冷酷无情的小女孩，让人觉得可悲，可叹，亦可怜。

　　惜春在桃红柳绿的时节，亲手将韶华埋葬，因为她知道，无论是天桃还是粉杏，都不能把秋挨过。在贾府这座大厦轰然倒塌之前，她就选择落发出家，任何人的劝阻，都不能改变她坚定的心意。她看到贾元春被送到宫中，在那不得见人的地方，葬送了青春和生命。她看到贾迎春被迫嫁给中山狼，一年不到，就被活活折磨致死。她看到贾探春才高志大，却也抵不过命运的安排，像一只断了线的风筝，被一艘帆船载走，从此背井离乡。太多太多的悲剧，让她对人生早已心灰意冷，她唯一的出路，就是通向佛门。只有这道门，始终为她打开，愿意接纳她，给她一个栖身之处，度尽余生。

　　她脱下了绫罗绸缎，换上缁衣玄衫，卸下了胭脂珠钗，剃去三千烦恼丝，她要做个彻底的尼姑。生她养她的贾府，与她已经没有半点瓜葛，甚至妙玉不知所终，她也不为之动容。独自在青灯古佛旁，诵经修禅，做一个冷心冷血的小尼姑。续书里写她住进了栊翠庵，为妙玉守护那几株红梅，身边还有一个失去主人的紫鹃丫鬟陪伴。据传她的命运比这堪怜，是流浪在街巷，缁衣乞食，尝尽风霜。

佛门虽是净土，但只给那些彻底领悟到禅境的人。禅是什么，禅是春天里的花开，是秋天的叶落。禅是一个简单的微笑，一个平和的眼神。禅是一来一去，一开一合，一起一灭。

图书在版编目（CIP）数据

世间所有相遇都是久别重逢 / 白落梅著. -- 长沙：
湖南文艺出版社, 2019.7
ISBN 978-7-5404-9225-0

Ⅰ.①世… Ⅱ.①白… Ⅲ.①散文集－中国－当代
Ⅳ.①I267

中国版本图书馆CIP数据核字（2019）第081082号

上架建议：畅销书·文学

SHIJIAN SUOYOU XIANGYU DOU SHI JIUBIE CHONGFENG
世间所有相遇都是久别重逢

作　　者：白落梅
出 版 人：曾赛丰
责任编辑：薛　健　刘诗哲
监　　制：于向勇　秦　青
策划编辑：刘　毅
文字编辑：王莉芳　苏会领
营销编辑：刘晓晨　刘　迪　初　晨
封面设计：末末美书
版式设计：李　洁
内文排版：麦莫瑞
出版发行：湖南文艺出版社
　　　　　（长沙市雨花区东二环一段508号　邮编：410014）
网　　址：www.hnwy.net
印　　刷：北京天宇万达印刷有限公司
经　　销：新华书店
开　　本：875mm×1270mm　1/32
字　　数：171千字
印　　张：8.75
版　　次：2019年7月第1版
印　　次：2019年7月第1次印刷
书　　号：ISBN 978-7-5404-9225-0
定　　价：58.00元

若有质量问题，请致电质量监督电话：010-59096394
团购电话：010-59320018